U0876170

岳麓書社

读名著　选岳麓

轻松阅读无障碍

诗经

吴广平 彭安湘 何桂芬 导读 注译

岳麓書社·长沙

图书在版编目(CIP)数据

诗经/吴广平,彭安湘,何桂芬导读注译.—长沙:岳麓书社,2021.3
ISBN 978-7-5538-1418-6

Ⅰ.①诗…　Ⅱ.①吴…②彭…③何…　Ⅲ.①古体诗—诗集—中国—春秋时代②《诗经》—注释③《诗经》—译文　Ⅳ.①I222.2

中国版本图书馆 CIP 数据核字(2020)第 213512 号

SHIJING
诗经

导读注译:吴广平　彭安湘　何桂芬
责任编辑:张丽琴
责任校对:舒　舍
封面设计:罗志义

岳麓书社出版发行
地址:湖南省长沙市爱民路 47 号
直销电话:0731-88804152　0731-88885616
邮编:410006

版次:2021 年 3 月第 1 版
印次:2021 年 3 月第 1 次印刷
开本:700mm×1000mm　1/16
印张:11
字数:158 千字
ISBN 978-7-5538-1418-6
定价:18.00 元

承印:长沙鸿发印务实业有限公司

如有印装质量问题,请与本社印务部联系
电话:0731-88884129

前 言

中国是诗的国度。而“诗”这种文体与“诗人”“诗歌”“歌诗”这些诗学范畴都是由中国古老的诗歌总集《诗经》奠定原型和基础的。从汉代开始，《诗经》就被列入儒家的经典，无论是儒家的“五经”，还是儒家的“六经”（又称“六艺”），抑或是儒家的“十三经”，都收录了《诗经》，《诗经》是儒家经典著作中唯一一部诗歌总集，由此可见《诗经》在中国传统文化中的神圣地位。

众所周知，远古时期的原始歌谣，大都是二言诗。从西周初年到春秋中叶，大约五百年间，则是四言诗发展的黄金时代。这些四言诗在春秋时期被编辑成书，这就是我国第一部诗歌总集《诗经》。《诗经》在先秦通称为《诗》，或称“《诗》三百”，到西汉才出现《诗经》之名。它收集了上自西周初年（公元前11世纪）、下迄春秋中叶（公元前6世纪）约五百年间的诗歌305首。另《小雅》中有《南陔》《白华》《华黍》《由庚》《崇丘》《由仪》6首笙诗，有目无辞，不算在内。《诗经》最后编订成书，大约是在公元前6世纪。《诗经》产生的地域十分辽阔，遍布黄河中下游流域及江汉地区，包括今陕西、山西、河南、河北、山东及湖北北部一带。《诗经》各篇的作者包括从贵族到平民的社会各个阶层，绝大部分诗篇的作者已不可考。可见，《诗经》是众多作者在广大地域上进行创作并经漫长时间形成的文化积淀。《诗经》的形成时间是如此之漫长，产生地域是如此之辽阔，创作的作者是如此之复杂，肯定是经过有目的地搜集整理才编订成书的。

汉代的班固在《汉书》的《食货志》和《艺文志》中说，周代设有专门采诗的官，叫作“行人”，他们在每年春季第一个月，摇着木铃，到各地收集民歌。“行人”采集的民歌经过朝廷的乐官（太师）进行音乐整理加工后，就献给天子听，以便天子了解民情风俗、政治得失。又《春秋公羊传注疏》卷十六“宣公十五年”东汉的何休注说，周代规定，男子六十岁、女子五十岁，没有子女的，朝廷给他们吃的、穿的，让他们到各地收集民歌。收集的民歌，先由乡村交到城市，再由城市交到国都，然后给天子听。这些说法的具体情形曾有人怀疑过，但我们认为这并非完全出于后人的主观推测。《诗经》305首的韵部系统和用韵规律基本上是一致的，形式上基本上是整齐的四言诗；而它产生的地域又很广。在古代交通不便、语言互异的情况下，不经过有意识、有目的地采集和整理，像《诗经》这样体系完整、内容丰富的诗歌总集的出现，恐怕是不可能的。《诗经》中的民歌（包括《国风》中的全部诗歌和《小雅》中的部分诗歌）就是采诗之官从民间采集来的。

据《国语》中的《周语》和《晋语》记载，周朝有献诗的制度，规定“公卿列士”（大臣和有地位的士人）在特定的场合给天子献诗，以便天子了解下情和考查政治得失。《大雅》中的全部诗歌和《小雅》中的部分诗歌以及《颂》中的大部分诗歌，可能就是公卿列士所献的诗。换言之，《诗经》中的贵族诗歌是公卿列士所献的诗。

《诗经》与音乐、舞蹈关系密切，是礼乐文明的光辉结晶。《墨子·公孟》载：“诵《诗》三百，弦《诗》三百，歌《诗》三百，舞《诗》三百。”可见，《诗经》305首本来是既有歌词，又有旋律，还有动作的。它既是305首诗，可以吟诵，也是305首歌，可以演唱和演奏，还是305个舞蹈，可以手舞足蹈来表演。遗憾的是，由于年代久远，《诗经》只流传下了歌词，音乐旋律和舞蹈动作都失传了。

《诗经》分为《风》《雅》《颂》三类，这本是按音乐标准分类的。《诗经》各篇最初都是可以合乐歌唱的，所以《墨子·公孟》说“弦《诗》三百，歌《诗》三百”，司马迁也说孔子曾弦歌三百五篇。《诗经》原来都是乐歌，《诗经》的诗原来都是配乐的歌词，所以《风》《雅》《颂》三类应是以音乐为标准区分的，它们原来都是音乐曲调的名称。宋代郑樵说：“风土之音曰风，朝廷之音曰雅，宗庙之音曰颂。”（《通志·总序》）“风”就是音乐曲调，国风就是各地区的音乐曲调。“雅”即正，指朝廷正乐，是西周王畿即靠近国都所在地的音乐曲调。雅分大、小雅，也可能是音乐上的区别。颂是宗庙祭祀配合舞蹈的音乐曲调，音乐可能比较舒缓。《诗经》的音乐后来都失传了，只剩下歌词，风、雅、颂就由音乐的分类变成了诗歌的分类。

《风》又叫《国风》，亦称《邦风》，包括《周南》《召南》《邶风》《鄘风》《卫风》《王风》《郑风》《齐风》《魏风》《唐风》《秦风》《陈风》《桧风》《曹风》

《豳风》，合称“十五国风”（其中的《周南》《召南》，又合称“二南”），共160首。其中《周南》11首、《召南》14首、《邶风》19首、《鄘风》10首、《卫风》10首、《王风》10首、《郑风》21首、《齐风》11首、《魏风》7首、《唐风》12首、《秦风》10首、《陈风》10首、《桧风》4首、《曹风》4首、《豳风》7首。“十五国风”的“国”是地区、方域的意思。“十五国风”中的“周南”“召南”“豳”都是地名，“王”是指东周王畿洛阳，其余是诸侯国名。“十五国风”中，《豳风》全部是西周作品，其他除少数产生于西周外，大部分是东周作品。

《雅》分作《大雅》《小雅》，合称“二雅”。《大雅》《小雅》亦称《大夏》《小夏》。《雅》105首，其中《大雅》31首，《小雅》74首。《大雅》是西周的作品，大部分作于西周初期，小部分作于西周末期。《小雅》中，除少数篇目可能是东周作品外，其余都是西周晚期的作品。《大雅》的作者，主要是上层贵族；《小雅》的作者，既有上层贵族，也有下层贵族和地位低微者。

《颂》分作《周颂》《鲁颂》《商颂》，合称“三颂”。《颂》40首，其中《周颂》31首，《鲁颂》4首，《商颂》5首。《周颂》是西周初期的作品。《鲁颂》产生于春秋中叶鲁僖公时，都是颂美鲁僖公的作品。《商颂》大约是殷商中后期的作品。《周颂》不同于其他诗的体例，不是由数章构成，而是每首只有一章。《鲁颂》中的《泮水》《閟宫》体裁近乎《雅》诗，而《有駜》《駉》则近于《国风》。由此可见《颂》诗演变的轨迹。《商颂》的前三首不分章，后两首分章，风格近于《雅》，可能比前三首晚出。《商颂》从内容上可分为两类：《那》《烈祖》《玄鸟》主要是写歌舞娱神和对祖先的赞颂，明显是祭歌；《长发》《殷武》主要写商族的历史传说和神话，祭祀意味不浓，可能是一种祝颂诗。

《诗经》的流传时间很早，春秋时代部分诗篇已广为流传，特别是外交场合，往往赋诗言志，《诗经》作为一种特殊语言工具成为贵族士大夫所必须掌握的“沙龙”语言。《论语·子路》记孔子的话说：“诵《诗》三百，授之以政，不达；使于四方，不能专对。虽多亦奚以为？”认为《诗经》不但要读得熟，而且在外交场合要善于灵活运用。《文心雕龙·明诗篇》说：“春秋观志，讽诵旧章，酬酢以为宾荣，吐纳而成身文。”表明春秋时代许多士大夫为了互相观摩，常常在外交场合朗诵《诗经》的某些章节。这样通过互相酬答，来表示对于客人的荣宠；通过诗句的吞吐，来显示自己的辞采。春秋时代，谁赋《诗》言志娴熟，能够自然贴切地用《诗》，就被认为是温恭知礼的君子。相反，谁不善于用《诗》，或者赋引不当，那不仅丧尽斯文，有辱国体，甚至会招灾引祸，要危及自身、邦家、社稷了。《荀子·大略》中说："善为《诗》者不说。"这就是说善于用《诗》的人，可以省却语言的表达。《诗》几乎代替了语言，这在春秋时代似乎是一个事实。孔子说："不学《诗》，无以言。"又说："人而不为《周南》《召南》，其犹正墙面而立也与！"（《论语·阳货》）

春秋末期，《诗经》成了当时贵族子弟必须学习的教科书。孔子很重视《诗经》，他谆谆告诫自己的弟子："小子！何莫学夫《诗》?《诗》，可以兴，可以观，可以群，可以怨。迩之事父，远之事君。多识于鸟兽草木之名。"（《论语·阳货》）孔子号召自己的弟子认真学习、研究《诗经》，认为学习、研究《诗经》可以培养联想力，可以提高观察力，可以锻炼合群性，可以学得讽刺方法。近呢可以运用其中的道理来侍奉父母，远呢可以用来服侍君上，而且还可以多认识鸟兽草木的名称。如此看来，在孔子眼里，《诗经》简直是一部无所不包的百科全书。

到了战国时代，《诗经》已经成为儒家学派尊崇的典籍，如孟子、荀子都惯于引《诗》作为立论的依据。在他们那里《诗》已成为金科玉律，仿佛句句都是真理，是阐述先王思想的最可靠的依据和最有力的思想武器。私家著述引《诗》以论述哲学、政治、道德命题，成为当时普遍现象。《诗》成了诸子包医百病的灵丹妙药，尤以儒家为甚。

在秦代，《诗经》虽然遭到焚毁，但由于学者口头传授，仍然得以流传保存。

到了汉代，传授《诗经》的有四家：齐国的辕固、鲁国的申培、燕国的韩婴、赵国的毛苌。或取国名，或取姓氏，而简称齐、鲁、韩、毛四家。齐、鲁、韩三家（合称"三家诗"）汉武帝时已立为博士，成为官学，《毛诗》晚出，未得立。毛氏说《诗》，事实多联系《左传》，训诂多同于《尔雅》，属于古文经学。其余三家则属于今文经学。自东汉末年儒学大师郑玄为《毛诗》作笺后，学习《毛诗》的人逐渐增多。其后三家诗亡，仅存《韩诗外传》六卷，独《毛诗》得以流行于世。

秦汉时鲁人毛亨（俗称"大毛公"）所传授、汉初赵人毛苌（俗称"小毛公"）所著的《毛诗诂训传》（亦作《毛诗故训传》，简称《毛传》）三十卷，魏晋后与郑玄笺注（通称《郑笺》）二十卷并行，历来为研究《诗经》的人所重视，唐代孔颖达《毛诗正义》(通称《孔疏》）四十卷即依据《毛传》《郑笺》为《诗经》作疏解。《毛传》《郑笺》《孔疏》是古代训释《诗经》最经典的三部著作。此外，宋代朱熹《诗集传》二十卷，清代姚际恒《诗经通论》十八卷、马瑞辰《毛诗传笺通释》三十一卷、陈奂《诗毛氏传疏》三十卷、方玉润《诗经原始》十八卷等，都是较有价值的著作。同时，由于清代辑佚之风兴起，对“三家诗”的辑佚整理也取得了较好的成绩，王先谦的《诗三家义集疏》是较完备的一种。晚近学者，总结前人的研究成果，排除汉、宋门户之见，进一步从文学、史学、社会学、考古学、文化人类学等角度阐释《诗经》，将《诗经》研究推进到一个新的阶段。

《诗经》的思想内容非常丰富，有《关雎》《蒹葭》《静女》《氓》这样的反映爱情婚姻的爱情诗、婚姻家庭诗、弃妇诗，有《生民》《公刘》《绵》《皇矣》《大明》这样的歌颂祖先功德、叙述部族历史的祭歌和史诗，有《凯风》《蓼莪》这样的歌颂母爱、悼念父母的孝道诗，有《七月》《大田》《噫嘻》《臣工》这样的反映农业生产生活的农事诗，有《兔罝》《驺虞》《车攻》《吉日》这样的反映狩猎生活的狩猎诗，有《鹿鸣》《常棣》《伐木》《宾之初筵》这样的反映君臣、亲朋欢聚宴享的燕飨诗，有《伐檀》《硕鼠》《新台》《墙有茨》《相鼠》《南山》《株林》这样的反映丧乱、针砭时政的怨刺诗，有《君子于役》《无衣》《采薇》这样的反映战争和徭役的战争诗、徭役诗。《诗经》是我国最早的富于现实精神的诗歌集，真实而形象地反映了商、周时代的社会面貌，为后世留下了立体的、具象的历史画卷，是一部丰富生动的上古时代百科全书。

《诗经》不但思想内容丰富，而且艺术上也取得了很高的成就。《诗经》创立了赋、比、兴的表现手法。赋就是铺陈，是直接叙事和直接抒情的表达方式，近乎不假修饰的白描手法和直白表达。赋在《诗经》中是一种常见的、基本的艺术表现手法，在《雅》《颂》里用得最多，《国风》中也不少。《诗经》中不仅大量运用“赋”的艺术表现手法，而且在其运用上呈现出一种变化无端、千姿百态的气象，为人们展现了许许多多艺术上的绝妙境界!《诗经》中“赋”法在描绘景物、展现场面、刻画人物形象等方面取得了显著的艺术效果。如《君子于役》对乡村景物的描绘、《芣苢》对劳动场景的再现、《氓》对人物形象的刻画，就都是运用了“赋”的艺术表现手法，都取得了极佳的艺术效果。比就是比喻，即以彼物比此物，就是以更具体形象而又比较熟悉、易于理解的事物来打比方。“或喻于声，或方于貌，或拟于心，或譬于事”(《文心雕龙・比兴》)，从而使形象更加鲜明。如《硕鼠》用大老鼠来比喻剥削者的可憎可鄙，《氓》用桑树从繁茂到凋谢来比喻夫妻感情的变化，《新台》用癞蛤蟆比喻卫宣公。《硕人》用柔嫩的白茅芽、冻结的油脂、白色长身的天牛幼虫、白而整齐的瓠瓜子、宽额的蠊虫、蚕蛾的触须来分别比喻卫庄公夫人（庄姜）的手指、皮肤、脖子、牙齿、额头、眉毛，形象细致地塑造了庄姜这位美女的形象。兴就是起兴，就是借助其他事物作为诗歌的发端，以引起所歌咏的内容。《诗经》中起兴情况比较复杂。有的起兴兼有比喻的含义，如《关雎》的“关关雎鸠，在河之洲”；有的起兴具有象征暗示的作用，如《桃夭》的“桃之夭夭，灼灼其华”；有的起兴似乎与下文意思无关，如《晨风》的“鴥彼晨风，郁彼北林”，与下文“未见君子，忧心钦钦”云云，很难发现彼此间的意义联系。赋、比、兴三种艺术表现手法，在《诗经》中往往交相使用，共同创造诗歌的艺术形象，抒发诗人的情感。《诗经》大体是四言诗，亦有少量杂言诗。也就是说基本上是四言一句，其间杂有二言、三言、五言、七言以至八言的句子，长短参差、错落有致。二节拍的四言句节奏鲜明而略显短促，带有很强的节奏感，是构成《诗经》整齐韵律的基本单位。《诗经》中的大量诗是四言诗，以四言为主，四句独立成章。《诗经》是四言诗的一个高峰。重章叠句是《诗经》中常用的章法。重章是一首诗中同一诗章重叠，有时只变换少数几个词。叠句是在同一诗章或不同诗章中叠用相同诗句。《诗经》各篇大都分章，除《周颂》31 首、《商颂》3 首不分章之外，其他诗篇少则二章，多至十六章。分章的诗篇，特别是民歌，各章句数、字数基本相等，因而形成了整齐、匀称的形式美。同时，由于入乐的需要，各章只更换少数几个词，同样的字句反复出现，回环复沓，不仅便于围绕同一旋律反复咏唱，而且能充分发挥抒情表意的作用，收到回旋跌宕的艺术效果。《诗经》的语言形象生动、朴素自然而富有音乐美。《诗经》中的民歌是古代劳动人民触物兴感、随口唱出的歌，日常的生活内容，里巷歌谣的自然韵律，因物赋形，因情成咏，不假雕琢，因而其语言具有形象生动、朴素自然而富有音乐美的特点。《雅》《颂》中的许多优秀文人诗受民歌的影响，也具有这一特点。总之，《诗经》现实主义的创作方法，赋、比、兴的表现手法，整齐而又灵活多变的句法形式，重章叠句的章法特点，朴素自然的艺术风格，都显示了它在艺术上所取得的巨大成就。

《诗经》在中国文学史上具有崇高的地位和深远的影响。《诗经》奠定了中国的抒情诗传统。《诗经》中，抒情诗占了绝大部分，叙事诗只是小部分，而且，叙事诗中除了个别的优秀篇章之外，大都比较拙直、稚嫩，而抒情诗则显得比较成熟、老练，并已有许多杰作。中国文学重抒情不重叙事、重表现不重再现、重写意不重写实的传统，是由《诗经》奠定和开创的。从此以后，抒情诗就成为中国诗歌的主要形式。《诗经》也奠定了中国诗歌关注现实、反映现实的优良传统。在中国文学史上，每当文学创作出现脱离现实的倾向时，进步文人便号召大家继承《诗经》关注现实、反映现实的优良传统，这就使我国古代文学总是沿着反映现实的道路前进，从而成为社会的一面镜子。《诗经》还创立了我国古代诗歌最具特色的比兴表现手法。《诗经》开创的比兴成了中国古代诗歌的传统手法。比兴有助于增强诗歌的形象性和含蓄性，能使诗歌含蓄蕴藉、韵味无穷，因而成为中国古代诗歌最具有民族特色的表现手法。在中国古代，比兴成了诗歌的形象思维的代名词。《诗经》为后代提供了众多的诗歌样式。如爱情诗、婚姻家庭诗、弃妇诗、祭祀诗、史诗、孝道诗、农事诗、狩猎诗、燕飨诗、怨刺诗、战争诗、徭役诗，等等。《诗经》开创了中国诗歌偶句用韵的基本押韵方式。中国诗歌的偶句用韵，既参差又整齐，韵律优美。《诗经》丰富凝练的语言为我国民族语言的发展做出了贡献。《诗经》的四言句式，成为汉语最常用的短语形式，汉语成语基本上就是四言短语，辞赋、骈文里四言句式也很多（骈文又叫四六文，就是由四言句和六言句组成）。《诗经》中的许多词汇至今还是常用词汇，如“优哉游哉”“秋水伊人”“夙兴夜寐”“白头偕老”等，已成为常用的成语。这不仅说明《诗经》语言的丰富凝练，也说明它对我国民族语言的发展做出了极大贡献。

《诗经》是中国文学的光辉起点与中华民族的永恒经典。为了让大家继承《诗经》的优良文学传统，走进这部古老的诗歌经典，我们特选编、注译了这部经典。原文文字以阮元嘉庆刻本《毛诗正义》为底本。选目我们考虑了如下因素：一是历代《诗经》选本都选过的篇目；二是近现代影响较大的几部《中国文学史》有关《诗经》的章节重点提及的篇目；三是历代公认的《诗经》重要篇目，如《史记·孔子世家》提及的“四始”，即《国风》的第一首诗《关雎》,《小雅》的第一首诗《鹿鸣》,《大雅》的第一首诗《文王》,《周颂》的第一首诗《清庙》；四是选目要保证《诗经》"十五国风""二雅""三颂"每一小类都选出代表作，保留《诗经》体系的完整性。根据以上四个因素，本书从《诗经》305首诗中选了100首代表作，对每首诗均进行了精要的解题、详细的注释、通俗的翻译，希望有助于各位读者更为轻松、愉快地学习、研究《诗经》。

吴广平

于湖南科技大学中国古代文学与社会文化研究基地

2018年1月18日

目 录

风

周 南

召 南

邶 风

鄘 风

卫 风

王 风

郑 风

齐 风

魏 风

唐 风

秦 风

陈 风

桧 风

曹 风

豳 风

雅

小 雅

大 雅

颂

周 颂

鲁 颂

商 颂

诗经

风

周南

关 雎

导读

这是一首青年男子热烈追求心爱女子的诗。相传雎鸠“夫妻”朝夕为伴，情意专一。鸟类尚且多情，何况那正值风华正茂的青年男女呢？诗以“雎鸠”起兴，引出男女之间相互爱慕乃人之常情，娴静美好的“淑女”正是“君子”最好的配偶。接下来诗又以采摘荇菜起兴，引出男子对女子展开的热烈追求。男子追求女子的过程就如那弯弯曲曲的河道，充满艰难险阻，望而不及便成牵挂，求而不得便生思念，此种恼人又撩人的情思让男子辗转难眠，备受煎熬。然而，正是女子的高贵矜持与求而不得以及男子的痛苦思念与执着追求才营造出了这沉醉千年的美好情境。“君子”在当时是对贵族男子的通称，而“淑女”就相当于大家闺秀。诗中“君子”对“淑女”的感情虽然浓烈，但却表现得有礼有节，在追求女子的过程中，或以美妙的琴声打动她，或以快乐的钟鼓取悦她，即使对女子思念成疾也只是在梦中把她追求。可见本诗虽写男女之情，但它所呈现的却是一种谨慎克制、因循守礼的爱情，“君子”与“淑女”的结合宣扬了一种为当时社会所普遍看好的理想婚姻，从这个层面来看，《毛诗序》将此诗的主旨阐发为：“《关雎》，后妃之德也，《风》之始也，所以风天下而正夫妇也。”亦不无道理。本诗语言优美，情感浓烈，意境如梦似幻，格调悠远绵长，给人无尽遐想。

关关雎鸠[1]，在河之洲[2]。	雎鸠关关和鸣唱，相伴水中小洲上。
窈窕淑女[3]，君子好逑[4]。	美丽端庄好姑娘，正是君子好对象。
参差荇菜[5]，左右流之[6]。	参差不齐水中荇，或左或右采摘忙。
窈窕淑女，寤寐求之[7]。	美丽端庄好姑娘，日思夜想盼成双。
求之不得，寤寐思服[8]。	设法追求得不到，日夜想念思断肠。
悠哉悠哉[9]，辗转反侧[10]。	轻吁短叹情思长，辗转难眠梦里想。
参差荇菜，左右采之。	参差不齐水中荇，或左或右采摘忙。
窈窕淑女，琴瑟友之[11]。	美丽端庄好姑娘，弹琴鼓瑟动情肠。
参差荇菜，左右芼之[12]。	参差不齐水中荇，或左或右挑拣忙。
窈窕淑女，钟鼓乐之。	美丽端庄好姑娘，敲钟击鼓喜成双。

注释

1 关关：鸟叫声。雎鸠：鸟名，相传此鸟“夫妻”朝夕为伴，情意专一。

2 洲：水中的小块陆地。

3 窈窕：娴静美好的样子。淑女：贤良美好的女子。

4 逑：配偶。

5 参差（cēn cī）：长短不一。荇（xìng）菜：多年生草本植物，叶略呈圆形，浮在水面，根生水底。全草可入药。

6 流：采取。

7 寤寐：日夜。寤，醒来。寐，睡着。

8 思服：思念。

9 悠哉：形容思念绵长的样子。悠，长。

10 辗转反侧：形容心中有事，在床上翻来覆去睡不着。

11 琴：古代乐器，最初是五根弦，后加至七根弦。七根弦的琴亦称“七弦琴”。通称“古琴”。瑟：古代乐器，和琴相似，长近三米。古有五十根弦，后为二十五根或十六根弦。

12 芼（mào）：挑拣。

葛覃

导读

这是一首写女子准备归宁的诗。本诗三章描写了三幅动人的图景。诗的第一章写幽深的山谷中，一片片青翠的葛藤悄悄蔓延，在这碧绿如染的景色中忽然飞起一只黄色的小鸟，它鸣唱着动人的歌曲，轻轻降落在茂密的灌木丛中，此番情景定格成了一幅颜色亮丽、生机盎然、意境幽美的山谷春景图，奠定了本诗和乐的气氛。诗的第二章写女子将成熟的葛藤割回家，一边泡一边煮，待葛藤脱出纤维后，将其一一捞起，织成一匹匹或粗或细的葛布，这就是女子沤麻织布图。在这幅图中我们可以看到年轻女子进进出出的身影以及熟练麻利的动作，也可以感受到女子穿上自己所制新衣的喜悦与自豪之情。第三章写这位年轻的女子将自己的归思告知女师，得到批准后，她欢天喜地地忙里忙外，洗完内衣洗外衣，动作变得越来越轻快，一想到马上就要回家见到父母，她激动万分，这不就是一幅栩栩如生的女子归宁图吗？在这幅图中我们不禁被女子喜悦而急切的情感所感染，忍不住心生期待。本诗虽篇幅短小，语言简练，但诗意轻快，趣意盎然，塑造了一位可爱羞涩、勤劳能干的年轻女子形象，描绘了一幅幅充满生活气息的古风图景，给人愉快的审美体验。

葛之覃兮[1]，施于中谷[2]，
维叶萋萋[3]。黄鸟于飞[4]，

葛藤条儿真绵长，蔓延幽深谷中央，
枝繁叶茂生机旺。黄雀成群展翅翔，

集于灌木，其鸣喈喈[5]。	灌木丛中齐落降，歌声婉转鸣欢唱。
葛之覃兮，施于中谷，	葛藤条儿真绵长，蔓延幽深谷中央，
维叶莫莫[6]。是刈是濩[7]，	枝繁叶茂生机旺。割取回家烧水烫，
为絺为绤[8]，服之无斁[9]。	粗布细布编织忙，穿上身来喜欢畅。
言告师氏[10]，言告言归[11]。	女师耳旁诉衷肠，想回娘家去探望。
薄污我私[12]，薄浣我衣[13]。	贴身内衣洗清爽，罩衫外套怎能忘。
害浣害否[14]？归宁父母[15]。	哪件该洗心思量，急着回家看爹娘。

注释

1 葛：多年生草本植物，茎可编篮做绳，纤维可织布。块根肥大，称作“葛根”，可制淀粉，亦可入药。覃：延长。

2 施（yì）：蔓延。中谷：即谷中。

3 维：句首语气助词。萋萋：草木茂盛的样子。

4 黄鸟：即黄雀，也叫黄鹂、黄莺、鸧鹒，羽毛黄色，和麻雀一般大小，声音婉转动听。

5 喈喈（jiē）：象声词，禽鸟的鸣声。

6 莫莫：茂密的样子。

7 刈：割。濩（huò）：煮。是刈是濩，意思是将葛割来后放到热水里面煮泡，取其纤维，用以织布。

8 絺（chī）：细葛布。绤（xì）：粗葛布。

9 服：穿。斁（yì）：厌倦。

10 言：句首语气助词。师氏：指女师，即古代抚育贵族女子并教授其女德的女教师。

11 归：古代称女子出嫁为“归”，这里指回娘家。

12 薄：句首语气助词。污：洗掉污垢。私：内衣。

13 浣：洗。

14 害：通“曷”，何。

15 归宁：在古代，已嫁女子回家看望父母叫作“归宁”。

卷 耳

导读

这是一首家中妻子思念远征丈夫的诗。女主人公来到野外采摘卷耳，采了半天都不满小小一筐，原来这位女子是因为想起了离家远征的丈夫，故而心不在焉，无心劳动。想着想着她不知不觉地走到了大路旁，而这条大路就是当年丈夫离开的地方。女子思夫心切，渴望能够和丈夫相聚，然而，她左盼右盼都是徒劳，忧伤之余，无奈之下，她只得在脑海里面一遍又一遍想象丈夫在远方的情景。想着想着，她的眼前仿佛出现了丈夫骑着马儿登上高高的石山也在眺望故乡的情景，画面中，这位远行的征人满腔愁怨，心情抑郁之下只得自斟自酌，聊以自慰。征人越过一座又一座高山，试图找一个离家更近的地方遥望到故乡的影子，然而，马儿已经疲劳成疾，仆人也精疲力尽，征人只得就此作罢。此时心头埋藏已久的忧思瞬间决堤，征人的身体也跟疲惫的马儿一样随即倒了下来，喉咙里还发出沙哑而绝望的哀号，嘶喊声在高山之巅久久回荡，不忍听闻。本诗感情极为浓郁，抒情手法也颇为高超，读罢，心情悲戚，不禁对诗中思念成狂的女子深表同情。

采采卷耳[1]，不盈顷筐[2]。	采呀采呀采卷耳，许久未满一小筐。
嗟我怀人，置彼周行[3]。	所念之人在远方，竹筐搁在大路旁。
陟彼崔嵬[4]，我马虺隤[5]。	登上高高石土山，马儿疲惫腿发软。
我姑酌彼金罍[6]，维以不永怀。	且把金罍来斟满，聊以自慰莫想念。
陟彼高冈，我马玄黄[7]。	登上山冈放眼望，马儿疲惫毛焦黄。
我姑酌彼兕觥[8]，维以不永伤。	兕觥浅斟饮酒浆，聊以自慰莫忧伤。
陟彼砠矣[9]，我马瘏矣[10]。	登上崎岖石土山，马儿疲惫不能前。
我仆痡矣[11]，云何吁矣[12]！	仆人累极双腿软，内心忧伤解脱难。

注释

1 采采：采了又采的意思。卷耳：又称苍耳，一年生草本植物，野外荒地均可见。果实倒卵形，有刺，可入药。

2 盈：满。顷筐：前低后高的斜口竹筐。

3 周行：大路。

4 陟：登。崔嵬：高大的石土山。

5 虺隤（huī tuí）：累得像患了病的样子。

6 姑：姑且。酌：饮酒。罍（léi）：古代一种盛酒的容器，深腹小口，广肩圈足，上面有盖。金罍，表明这种盛酒容器乃青铜所制。

7 玄黄：马生病的样子。

8 兕觥（sì gōng）：古代酒器，腹部为椭圆形或方形，盖一般为带角兽头形。

9 砠（jū）：上面多石的土山。

10 瘏（tú）：疲劳致病。

11 痡（pū）：疲劳至极。

12 云：句首语气助词。何：多么。吁：叹息。

桃 夭

导读

这是一首祝贺新嫁娘的诗。本诗久负盛名，其中“桃之夭夭，灼灼其华”二句，千百年来，吟诵不绝。清代学者姚际恒说，此诗“开千古词赋咏美人之祖”，细细品读，当知其绝妙之处。本诗三章，反复吟咏，但又不尽相同，各有侧重，第一章就重在一个“华”字。诗人以桃树的婀娜多姿象征少女的美好体态，以鲜艳灿烂的桃花象征少女的娇美容颜，其中“灼灼”二字，给人以明亮逼人之感，进一步表明这位娇艳多姿的少女今天出嫁了，盛装打扮的她明艳动人，让人睁不开眼睛，此时你的眼前是否浮现出了一个充满青春气息像花一样鲜艳的少女呢？枝头上一簇簇盛开的桃花仿佛一团团粉红的云彩，连着姑娘身上的嫁衣与醉人的笑脸，让人不禁沉溺在一派和美与喜庆之中。“之子于归，宜其室家”，诗人希望这位像花一样的新娘也将快乐和美丽带给夫家，婚后家庭美满和睦，幸福像花儿一样。第二章重在一个“实”字。花开结果，乃自然规律，诗人正是用这个自然规律来表达对新娘的美好祝愿，希望她婚后生儿育女，家庭美满。然而，有花有果在古人看来还不算圆满，所以第三章写“叶”之茂盛旨在进一步传达多子多福、兴旺昌盛的美好希冀。全诗三章，诗意层层递进，在一种喜气洋洋的气氛中展现了先民们生命的激情，传达了他们对美好生活的热爱，对家庭和睦的追求。本诗且不论艺术上的技巧与特色，单那种喜庆的气氛、生命的热度以及美好的祝愿就能让人沉醉在最朴素、最纯洁的情韵中，久久不愿醒来。

桃之夭夭[1]**，灼灼其华**[2]。
之子于归[3]**，宜其室家**[4]。
桃之夭夭，有蕡其实[5]。
之子于归，宜其家室。
桃之夭夭，其叶蓁蓁[6]。
之子于归，宜其家人。

桃树婀娜姿态妙，桃花朵朵开正好。
这位姑娘要出嫁，愿她婚后生活好。
桃树婀娜姿态妙，果实硕大满树梢。
这位姑娘要出嫁，愿她婚后家庭好。
桃树婀娜姿态妙，色彩浓郁叶正茂。
这位姑娘要出嫁，婚后幸福又美好。

注释

1 夭夭：绚丽茂盛的样子。
2 灼灼：鲜明耀眼的样子。华（huā）：同“花”。
3 之子：这位姑娘。于：语气助词。归：出嫁。
4 宜：善。室家：家庭。
5 蕡（fén）：果实多而大。
6 蓁蓁（zhēn）：枝叶茂盛的样子。

芣 苢

导读

这是一首采摘车前草时所唱的歌谣。此诗未写一人，读之却能强烈地感觉到诗中处处皆人、处处有声。风和日丽，三五妇女，或郊野之外，或山坡之上，相互对歌，笑声阵阵，这是一幅多么惬意的妇女采摘图呀。简明的语句营造欢快的气氛，轻快的节奏谱写民歌的余音，本诗在回环往复中再现了一群古代妇女兴高采烈地采摘车前草直至满载而归的情景。本诗为何写采摘芣苢呢？据说原因有二：其一，芣苢多籽，古人歌之以示对多子多孙的企盼；其二，车前草也是一种药材，古人认为它可以治疗不孕不育或者麻风。抛开这两种原因不说，诗人写采摘车前草是再平常不过的事了，因为在当时，生活水平低下，物质生活匮乏，获取自然界的资源成为当时的人们解决生存问题的重要手段，在野外采摘野菜更是他们最普通的劳动之一。车前草平常易得，自然成为先民们采摘的对象。

采采芣苢[1]，薄言采之[2]。	采呀采呀车前草，大家快来摘起它。
采采芣苢，薄言有之。	采呀采呀车前草，大家快来采摘它。
采采芣苢，薄言掇之[3]。	采呀采呀车前草，大家快来拾起它。
采采芣苢，薄言捋之[4]。	采呀采呀车前草，大家快来捋取它。
采采芣苢，薄言袺之[5]。	采呀采呀车前草，大家快来装起它。
采采芣苢，薄言襭之[6]。	采呀采呀车前草，大家快来兜起它。

注释

1 芣苢（fú yǐ）：车前草。

2 薄言：句首语气助词。

3 掇：拾。

4 捋（luō）：用手握物倒抹下来。

5 袺（jié）：用衣襟兜着。

6 襭（xié）：用衣襟兜起来。

汉 广

导读

这是一首男子追求所恋女子而不得的民歌，抒发了男子的惆怅之情。本诗的主旨十分明晰，就是求女不得，也就是诗中所说“汉有游女，不可求思”。至于为何求而不得，作者马上给出了答案，因为“汉之广矣，不可泳思”“江之永矣，不可方思”：汉水宽广，想要游过简直妄想；长江波浪涛涛，想要筏渡亦是无望。当然，也就是这种求而不得才更加让人难以忘怀，这也是彰显诗意的关键所在。因为求而不得，所以痛苦，男子只能望着滔滔江水倾注自己满腔的愁绪；因为求而不得，所以思念，思念缠身，男子唯有绞尽脑汁找寻见到心爱女子的办法；因为求而不得，所以梦魂牵绕，现实的阻隔让男子无法如愿，他便在脑海里幻想女子如果哪天出嫁了，自己一定要准备好充足的薪柴，将马儿喂得饱饱的，因为自己就是那个幸福的新郎。男女之间的感情是任何东西都不能阻挡的，即使现实的鸿沟隔开了他们的身体，但永远也无法斩断纷繁缠绕的情思，千古以来，皆是如此。本诗三章，每章最后四句重复吟唱，唱出了男子无边的惆怅，也唱出了本诗沉醉千年的爱恋。

南有乔木[1]**，不可休思**[2]**。**
汉有游女[3]**，不可求思。**
汉之广矣，不可泳思。
江之永矣[4]**，不可方思**[5]**。**
翘翘错薪[6]**，言刈其楚**[7]**。**
之子于归，言秣其马[8]**。**
汉之广矣，不可泳思。
江之永矣，不可方思。
翘翘错薪，言刈其蒌[9]**。**
之子于归，言秣其驹。
汉之广矣，不可泳思。
江之永矣，不可方思。

南方有树高又高，荫少行人懒停靠。
汉水那边好姑娘，想要娶她做新娘。
汉水宽广浪滔滔，想要游过是妄想。
长江水面长又长，乘筏渡过亦无望。
错杂丛生柴草高，砍伐荆条选最茂。
姑娘哪天要出嫁，我将马儿先喂饱。
汉水宽广浪滔滔，想要游过是妄想。
长江水面长又长，乘筏渡过亦无望。
错杂丛生柴草高，砍伐白蒿选最茂。
姑娘哪天要出嫁，我将马儿先喂饱。
汉水宽广浪滔滔，想要游过是妄想。
长江水面长又长，乘筏渡过亦无望。

注释

1 乔木：高大的树木。
2 思：语气助词。
3 汉：汉水。游女：出游的女子。
4 江：长江。永：长。
5 方：并船，引申为竹木编排的筏子。这里用作动词，撑筏渡江。
6 翘翘：高高翘起的样子。错薪：错杂的柴草。
7 楚：植物名，落叶灌木或小乔木，茎干坚劲，广布于我国长江以南各地。亦称牡荆。
8 秣（mò）：喂马。
9 蒌（lóu）：多年生草本植物，多生于水滨，又叫白蒿。

召南

采 蘩

导读

这首诗描写女宫人为公侯祭祀之事日夜奔波劳累不得休息。一大清早宫女们便匆匆来沙洲池沼、山谷小溪采集白蒿，她们没有嬉戏打闹也没有稍作停歇，只是不断重复手中的动作。采集这么多白蒿做什么呢？原来公侯祭祀要用它。采完白蒿之后的宫女们又马不停蹄地来到了庙堂，准备供祭。“被之僮僮”再一次揭示了这群女宫人的身份，同时与下面的“被之祁祁”形成鲜明对比，表明宫女们从早到晚，没有片刻歇息，连发饰舒散了都没工夫整理。拖着疲倦的身体，顶着散乱的头发，在一天的辛勤劳动后，宫女们终于可以回家了。此时她们的表情可能是欣喜的，因为马上就可以好好休息了；可能是心酸的，因为繁重而长时间的劳作让她们几近崩溃，更重要的是她们不是为自己劳动而是为公家进行无偿贡献；当然，她们的表情也可能是麻木的，因为日复一日年复一年的生活已经让她们习以为常，根本不会再有任何念想。由此来看，本诗仿佛在侧面讽刺公侯祭祀神灵、祈求福祉，只是从自身利益出发，丝毫没有为苍生祈福之心。

于以采蘩[1]？于沼于沚[2]。
于以用之？公侯之事[3]。
于以采蘩？于涧之中[4]。
于以用之？公侯之宫[5]。
被之僮僮[6]，夙夜在公[7]。
被之祁祁[8]，薄言还归[9]。

将往哪儿去采蒿？山郊野外池塘旁。
采来白蒿有何用，公侯家中祭祀忙。
将往哪儿去采蒿？山郊野外涧溪旁。
采来白蒿有何用？公侯祭祀陈庙堂。
发饰美丽多光亮，日夜奔波在公堂。
发饰已呈舒散貌，这才得空往家跑。

注释

1 于以：即到哪儿。蘩：即白蒿，又名艾蒿，俗呼蓬蒿，古人常用来祭祀。
2 沼：水池。沚：水中的小块陆地。
3 事：指祭祀之事。
4 涧：山间的小溪。
5 宫：宫室，这里指庙堂。
6 被：当时妇女所用的一种发饰，相当于今天的假发。僮僮：盛美的样子。
7 夙夜：早晚。公：公庙。

8 祁祁：舒缓的样子。
9 薄言：句首语气助词。

行露

导读

这是一首女子拒绝已婚男子的求婚而陷入官司的诗，表现了女子顽强的抗争精神。诗虽篇幅短小，但皆为女子内心陈诉，丝毫不影响读者对整个事件的把握。从女子的控诉中，我们能清楚得知，诗中男子或有一定权势或倚仗官府势力想要逼迫女子成婚，女子深知男子早有家而对己室并非真意，于是坚决反抗，最后竟被男子要挟打官司。“谁谓雀无角？何以穿我屋？谁谓女无家？何以速我狱？”这是女子极度气愤之下的声泪控诉，四句反复吟唱，表明女子内心之坚决以及对男子早已成家但还是欺骗她的感情、逼迫她与之成婚的深恶痛绝。显然，诗中女子并非逆来顺受、畏惧权贵的柔弱之辈，“虽速我狱，室家不足”“虽速我讼，亦不女从”，女子心硬如铁，宁可吃官司、进监狱也绝不会就此屈服。短短几句，女子不畏强暴、敢于反抗的形象跃然纸上，让人不得不为她强烈的斗争意识所折服。同时，男子横行霸道逼迫女子、恼羞成怒威胁女子的反面形象也深入人心，正如那破屋之雀、穿墙之鼠，让人心生厌恶。

厌浥行露[1]，岂不夙夜，
谓行多露[2]。
谁谓雀无角[3]？何以穿我屋？
谁谓女无家[4]？何以速我狱[5]？
虽速我狱，室家不足[6]。
谁谓鼠无牙？何以穿我墉[7]？
谁谓女无家？何以速我讼？
虽速我讼，亦不女从。

夜深露重沾湿道路，何曾不想趁夜逃去，
无奈露多无法赶路。
谁说麻雀没有利嘴？凭啥啄穿我的房屋？
谁说你还没有成家？凭啥害我蹲进监狱？
即使害我蹲进监狱，成婚理由还是不足。
谁说老鼠没有利齿？凭啥穿透我的墙屋？
谁说你还没有成家？凭啥害我蹲进监狱？
即使害我蹲进监狱，我也绝不对你让步。

注释

1 厌浥（yì）：潮湿。行：道路。
2 谓：奈。
3 角：鸟嘴。
4 女：通“汝”。无家：没有成家。
5 速：招致。狱：打官司，蹲监狱。速我狱，害我蹲监狱。
6 室家不足：要求结婚的理由不充足。
7 墉（yōng）：墙。

摽有梅

导读

这是一首待嫁女子思春求爱的诗。暮春时节，树上的梅子纷纷坠落，此情此景让适婚女子无比伤感。想当初，树上梅子缀满枝头，而今却落得只剩七成，女子不禁感叹：光阴易逝，时不我待，那有心追求我的良人哪，为何还不向我表白。第二章写树上的梅子落得只剩三成，女子再一次在心里呼唤：有心追求我的青年呀，切莫耽误良辰吉日。第三章写树上梅子皆已坠落，树下的人们纷纷以浅筐盛掇。此时，女子心急如焚，她向所有适婚青年呼喊：如若有心，则无需再等。“其实七兮”“其实三兮”“顷筐塈之”，树上的梅子一天天坠落，不复之前的繁茂与生机，风华正茂的女子犹如这枝头的梅子，如若任岁月流逝，终会衰落成泥，徒自伤悲。诗中的女子正是思及于此故而心急如焚，她渴望爱情，渴望婚姻，渴望不负青春岁月。时令流转，自得其理，人作为自然界的一员，当然也受自然规律牵引，妙龄少女追求爱情、适婚女子寻觅良人乃原始力量的驱动，只有在最美好的年华做最恰当的事情才不会浪费青春留下遗憾。本诗清新质朴，以梅子成熟坠落起兴，引出妙龄少女对婚姻爱情的追求，同时，诗意层层递进，表达了女子唯恐青春逝去而佳婿未得的急切心情。

摽有梅[1]，其实七兮。
求我庶士[2]，迨其吉兮[3]！
摽有梅，其实三兮。
求我庶士，迨其今兮[4]！
摽有梅，顷筐塈之[5]。
求我庶士，迨其谓之[6]！

梅子纷纷坠落，而今还剩七成。
追求我的众人，不要耽误良辰！
梅子纷纷坠落，而今还剩三成。
追求我的众人，趁着今日良辰！
梅子纷纷坠落，用那浅筐来盛。
追求我的众人，表白无需再等！

注释

1 摽（biào）：落。有：语气助词。
2 庶：众多。
3 迨（dài）：趁着。吉：好日子。
4 今：现在。
5 顷筐：前低后高的斜口筐。塈（jì）：取。
6 谓：告诉。

小 星

导读

这是一首小官暗自抱怨的诗。天色朦胧，三五颗小星在东方闪烁，匆匆赶路的小吏倍感心酸，像他这样早起贪黑忙于公事的人，只能抱着被子床单赶路，指不定下一次又将在哪里歇脚。短暂的睡眠让小吏十分疲惫，也许此时脑袋还是懵的，也许才暖和起来的身子又被瑟瑟寒风吹冷，但双脚却不能停。无奈之下，小吏只得自怨自艾，感叹“寔命不同”“寔命不犹”。为何自己的命运如此艰难？为何自己就这么命不如人？小吏的感叹折射出了他内心微妙的情感。确实，他不会控诉等级社会的不公，也不会思考劳逸不均的根本原因，但他的怨叹却隐透着对统治阶级的埋怨。当然，这种埋怨是浅层次的、直观的，他只是在想为什么贵族阶级就能不劳而获、每日悠闲，自己怎么就不是生而为贵族呢？诗中的小吏就如天边闪着微光的小星，他们虽然数量繁多，但却是无助弱势的群体。然而，这饱经苦难的底层人民却是最善良最淳朴的，他们面对苦难的人生只会默默承受、默默忍耐，最多也只是自我伤感，寻求精神的发泄。

嘒彼小星[1]，三五在东。
肃肃宵征[2]，夙夜在公。
寔命不同[3]！
嘒彼小星，维参与昴[4]。
肃肃宵征，抱衾与裯[5]。
寔命不犹[6]！

小小星辰闪弱光，三个五个在东方。
匆匆赶路天未亮，日日夜夜为公忙。
彼此命运不一样！
小小星辰闪弱光，参星昴星在上方。
匆匆赶路天未亮，抱着衾裯赶路忙。
命不如人空惆怅！

注释

1 嘒（huì）：微弱的样子。
2 肃肃：急匆匆的样子。宵：夜。征：行。
3 寔（shí）：同“实”。
4 参（shēn）、昴（mǎo）：星宿名，参星和昴星。
5 衾：被子。裯：被单。
6 不犹：不如。

野有死麇

导读

这首诗描写了一个青年猎人将所射之鹿送给心爱女子最终荣获芳心的爱情故事。本诗古朴自然，趣意横生，为我们讲述了一段美丽动人的男女之情。诗中的男子乃一位年轻健美的猎人，他将所射的小鹿用洁白的茅草捆扎好送给自己心爱的女子，白茅既代表了少女的纯洁与美好，又代表了青年对少女纯真的感情以及对心爱之人的无比珍视。从男子以鹿相赠之举联系第一章的"有女怀春，吉士诱之"、第二章的"白茅纯束，有女如玉"可以看出，二人的感情还处于青涩而懵懂的阶段。到了第三章，二人的情感有了阶段性的发展，男子示爱成功后便急不可耐地想要和姑娘有进一步的接触，他来到姑娘的身边，企图掀起姑娘的围裙，急切慌张的动作差点惹得狗儿汪汪大叫，姑娘措手不及只得轻声连呼："舒而脱脱兮！无感我帨兮！无使尨也吠！"真是有趣至极、生动至极也！"有女怀春"乃自然之情，"吉士诱之"更显自然之性。本诗以自然朴素的语言描绘了一段自然纯真的爱情，给人无限美好的遐想。

野有死麇[1]，白茅包之。
有女怀春，吉士诱之[2]。
林有朴樕[3]，野有死鹿。
白茅纯束[4]，有女如玉。
"舒而脱脱兮[5]！无感我帨兮[6]！无使尨也吠[7]！"

野外有只死香獐，洁白茅草把它绑。
有位姑娘春心荡，美好青年把话挑。
林子深深多小树，郊野之外有死鹿。
洁白茅草把它束，年轻少女美如玉。
"动作舒缓别惊慌！莫让我的围裙晃！别惹狗儿叫汪汪！"

1 麇（jūn）：獐子。
2 吉士：美好青年。
3 朴樕（sù）：丛生的小树。
4 纯束：捆扎。
5 舒：舒缓。脱脱：舒缓的样子。
6 感：通"撼"，撼动。帨（shuì）：配巾，相当于今天的围裙。
7 尨（máng）：多毛的狗。

何彼襛矣

导读

这是描写周平王的外孙女、齐侯的女儿出嫁时的诗。这是一个美好的日子，棠棣花开，艳丽繁茂，桃李绽放，色彩鲜妍，王姬今日出嫁，气氛热闹，喜气洋洋。王姬如此貌美，风华正茂，面容如花般娇艳美丽，身上的嫁衣犹如七彩祥云，耀眼夺目；王姬身份何等尊贵，她是周平王的外孙女，是齐侯的女儿，真乃天之骄女；王姬的婚礼如此盛大，陪嫁的随从排成长队，迎亲的车辆犹如长龙。王姬天人之姿，尊贵无比，她出嫁的隆重场面令围观的百姓折服，人们赞美她的容貌，赞美她的高贵。本诗所写虽是王族婚嫁，但显然出自民间，"其钓维何？维丝伊缗"，在百姓的眼中，男女双方门当户对，婚姻自然稳固，百姓们真诚祝愿王姬婚后幸福，家庭美满。

何彼襛矣[1]？唐棣之华[2]。
曷不肃雍[3]？王姬之车[4]。
何彼襛矣？华如桃李。
平王之孙[5]，齐侯之子[6]。
其钓维何？维丝伊缗[7]。
齐侯之子，平王之孙。

什么花儿如此鲜亮？棠棣花儿开得正好。
为何仪仗有欠端庄？那是王姬出嫁车辆。
什么花儿如此鲜亮？桃李花儿开得正好。
平王外孙今日出嫁，齐侯女儿喜做新娘。
什么绳子钓鱼最好？细丝搓成一定牢靠。
齐侯女儿风华正茂，平王外孙花般美貌。

注释

1 襛（nóng）：花木繁盛的样子。
2 唐棣：也作棠棣、常棣。即郁李，落叶小灌木，春季开花，花为淡红色，果实小球形，暗红色。
3 曷：何。肃雍（yōng）：庄严雍容。
4 王姬：周王的女儿叫作王姬。
5 平王之孙：周平王的外孙女。
6 齐侯之子：齐侯的女儿。
7 缗（mín）：钓鱼绳。

驺虞

导读

这是赞美猎人射技高超的诗。诗中所赞美的猎人不是一般的猎人，而是天子园囿中掌管鸟兽的官员。春光和煦，大地一片生机勃勃，经过一个冬天的蛰伏，动物们纷纷出巢，这正是狩猎的大好时机。当然，春雨润物，草木繁盛，那茂密的芦苇丛，那遍布原野的飞蓬也正是野兽们藏身的好去处。不过，这对于技艺高超的猎手来说简直不值一提，他无论是在茂密的丛林中，还是在广阔的原野上都能箭无虚发，母猪小猪皆难逃其手，让人不得不赞叹："于嗟乎驺虞！"诗虽简短却把猎手的神勇表现殚尽，语言平易却影射猎手的淡定从容，实在精巧。

彼茁者葭[1]，壹发五豝[2]。
于嗟乎驺虞[3]！
彼茁者蓬[4]，壹发五豵[5]。
于嗟乎驺虞！

芦苇青青刚破土，箭箭射中母野猪。
猎手技高人叹服！
飞蓬青青刚破土，箭箭射中小野猪。
猎手技高人叹服！

注释

1 茁：草刚冒出土地的样子。葭：芦苇。
2 壹：句首语气助词。五：虚词，表示多。豝（bā）：母猪。
3 驺（zōu）虞：天子园囿中掌管鸟兽的官。
4 蓬：多年生草本植物，花白色，中心黄色，叶似柳叶，子实有毛。亦称飞蓬。
5 豵（zōng）：小猪。

邶风

柏 舟

导读

这首诗抒发了女主人公处境艰难却无处诉说的悲愤之情。诗开篇以“泛彼柏舟，亦泛其流”起兴，将柏舟在水中飘飘荡荡比喻女子身似浮萍、无依无靠。同时，舟船晃荡亦如女子内心百转千回，“耿耿不寐，如有隐忧”，她辗转难眠、夜不能寐，心中不知积蓄了多少忧愁苦闷。也不是没有解闷的法子，只是即使喝得酩酊大醉也无法化解心中的“隐忧”，那就姑且漫无目的地自我游走吧，让灵魂有个暂时喘息的空间。从此章的叙述来看，女子比漂浮的柏舟更让人心酸，因为她有心有情、有念有怨，情感才是最伤人的利剑。第二章，女子苦闷至极，内心充满委屈，她第一时间想起了娘家的兄弟，此乃人之常情，不求亲人为自己讨回公道，只希望他们能够倾听自己的烦恼，理解自己的忧愁。然而，“亦有兄弟，不可以据”，女子含怨前往，却“逢彼之怒”，女子忧伤之余更感无助，因为连自己的亲兄弟都如此冷漠、如此无情，那人世间还有温情可言？那些和自己毫无血缘关系的人又将如何对待自己？女子愁苦、无助，甚至绝望，她知道没有人能够帮助自己，也没有人理解自己，但她绝不会因为这样就放弃自己。于是在第三章，女子在心底奋起反击，自我宣示：“我心匪石，不可转也。我心匪席，不可卷也。”虽然孤独无依，虽然无所凭靠，但并不意味着自己就可以被人随便玩弄、恣意践踏。“威仪棣棣，不可选也”，她一定会坚守自己的底线，维护自己的原则，不让别人恣意侵犯自己最后的尊严。读到这里，我们不得不被女主人公坚强的内心所打动，虽然现实的环境让她别无选择，只能默默忍受，但她却从未丧失自己的尊严与坚守。第四章，女子回忆所受的委屈，想想自己“觏闵既多，受侮不少”，又再一次陷入无尽的忧愁，梦里醒来，不由地捶胸自叹。第五章，女子苦极呼天，“日居月诸，胡迭而微”，高高在上的日月啊，此时为何黯淡无光？对上天的拷问影射了女子内心深处最绝望的呐喊，忧怨太深，无法解脱，女子只能直呼苍天也！“静言思之，不能奋飞”，女子哀叹，太过沉重的灵魂是无力奋飞的，到此为止，不禁为女子悲痛的遭遇与苦闷的灵魂所深深打动。此篇语言凝练，表达委婉，感情深沉，全诗五章，一气呵成，更令人称赞的是诗人对多种修辞手法的运用炉火纯青，体现出了高超的艺术技巧，正如俞平伯《读〈诗〉札记》评价所言：“通篇措词委婉幽抑，取喻起兴巧密工细，在朴素的《诗经》中是不易多得之作。”

泛彼柏舟[1]，亦泛其流。
耿耿不寐[2]，如有隐忧[3]。
微我无酒[4]，以敖以游。

柏木船儿水中流，随水飘荡晃悠悠。
焦灼难眠心神游，内心苦闷多烦忧。
并非无酒解心愁，姑且遨游以忘忧。

我心匪鉴，不可以茹[5]**。**	我心并非如明镜，岂能容纳世间影？
亦有兄弟，不可以据[6]**。**	虽然也有亲兄弟，谁知他们难依凭？
薄言往诉[7]**，逢彼之怒。**	赶去娘家把苦诉，恰逢他们在发怒。
我心匪石，不可转也。	我心并非如卵石，岂能任人去转移？
我心匪席，不可卷也。	我心并非如草席，岂能翻卷随你意？
威仪棣棣[8]**，不可选也**[9]**。**	端庄娴静有威仪，怎能屈从任你欺？
忧心悄悄[10]**，愠于群小**[11]**。**	忧思深重难解除，小人怨恨难对付。
觏闵既多[12]**，受侮不少。**	所受患难恐难书，身心受辱更无数。
静言思之，寤辟有摽[13]**。**	静心思考到深处，梦醒拍胸忽觉悟。
日居月诸[14]**，胡迭而微**[15]**？**	日月高高在天上，为何交替暗无光？
心之忧矣，如匪浣衣。	忧思重重心儿伤，如同未洗脏衣裳。
静言思之，不能奋飞。	静下心来细细想，不能奋翅高飞翔。

注释

1 泛：飘荡。柏：常绿乔木，木质坚硬，纹理致密，可供建筑及制造器物之用。柏舟，就是柏木做的船。

2 耿耿：内心焦虑不安的样子。

3 隐忧：痛苦忧愁。

4 微：不是。

5 茹（rú）：容纳。

6 据：依靠。

7 薄言：句首语气助词。

8 威仪：仪容举止。棣棣：雍容闲雅的样子。

9 选：屈从退让。

10 悄悄：忧愁的样子。

11 愠：怨恨。

12 觏（gòu）：遇到，遭受。闵：忧患。

13 寤：醒来。辟（pì）：通“擗”，用手拍打胸口。

14 居、诸：语气助词。

15 迭：交替更迭。微：昏暗无光。

绿 衣

导读

这是一首思念亡妻的诗。妻子已故，丈夫看到妻子生前所制的衣物，悲从中来。他细细端详着手上的衣服，发现针脚是如此细密，布料是如此平整，尺寸是如此合身，可见当时妻子是多么仔细地在做这些事情啊。这些衣服凝结了妻子的爱与关怀，陪伴着丈夫走过春夏秋冬、严寒酷暑。然而，诗人也就是在妻子亡故后，睹物思人，细细回想方才领悟妻子深情。思及于此，他悲痛之余又添悔恨，当初自己可曾对妻子无微不至的关怀表示过回应？风起天凉，诗人又往身上加了一件衣服，但依然感觉寒风瑟瑟、不堪忍受。想当初，自己还未察觉气候变化，妻子就早已将应季的衣服准备好了。当自己还未感到天气转凉，妻子就早已将衣服披上他的身——种种情景，此时一股脑儿地浮现眼前，我们仿佛依稀能看到诗人徘徊的身影、颤抖的双肩和悲戚的眼神。为何这些曾经为自己抵御严寒带给自己温暖的衣服如今穿上身来却倍感凄凉？因为贤妻不在，更因为诗人再也没有机会对她表示爱与感谢。诗人对亡妻的情感之真、思念之深，令人动容，这在当时的社会环境来看更显可贵。纵观全诗，感情深切，悲怆动人，不仅塑造了一个情深意重的男子形象，还为后代文学提供了艺术借鉴。

绿兮衣兮，绿衣黄里。
心之忧矣，曷维其已[1]？
绿兮衣兮，绿衣黄裳[2]。
心之忧矣，曷维其亡？
绿兮丝兮，女所治兮[3]。
我思古人[4]，俾无訧兮[5]。
絺兮绤兮[6]，凄其以风。
我思古人，实获我心[7]。

绿衣裳呀绿衣裳，外衣绿色里衣黄。
心忧伤呀心忧伤，什么时候才能忘？
绿衣裳呀绿衣裳，上衣绿色下衣黄。
心忧伤呀心忧伤，什么时候才能忘？
绿衣裳呀绿衣裳，是你亲手缝制好。
贤妻虽故心念想，使我无忧怎能忘？
细葛布呀粗葛布，穿上身来心凄凉。
贤妻虽故心念想，如此贴心怎能忘？

注释

1 曷：何。维：语气助词。已：停止。
2 裳：下衣，形如裙子。
3 女：通“汝”。治：缝制。
4 古人：故人，已经亡故的人。
5 俾：使。訧：同“尤”，过失，过错。
6 絺（chī）：古代指细葛布。绤（xì）：粗葛布。
7 获：得。

燕燕

导读

这是一首国君送妹远嫁的诗。诗中的寡人应当是卫国君主，而远嫁的则是他的二妹。“燕燕于飞，差池其羽”“燕燕于飞，颉之颃之”“燕燕于飞，下上其音”，诗人以群燕翩跹起兴，一开篇便描绘了一番生机勃勃的春天景象，群燕翱翔，它们自由舒展着自己的双翅，相互嬉戏，欢快鸣唱，这是个如此美好的日子，诗人的二妹也就是在这个良辰吉日出嫁了。迎亲的队伍敲锣打鼓地接走妹妹，诗人的礼队也欢天喜地地送走新娘，然而，诗人的双眼却模糊了，和煦的春风此时就像是一道道滚烫的火焰，灼伤了他的眼睛，诗人“泣涕如雨”。他望着远去的人群，在逐渐消散的喧嚣中感怀自己与妹妹手足深情，不由自主地跟随远去的队伍走了一路又一路，“远送于野”“远送于南”，诗人久久不愿离去。迎亲的队伍还是慢慢远离了追望的视线，诗人“瞻望弗及”，只得“伫立以泣”，他伸出自己的双手，不知是妄图抓住妹妹飘散在风中的身影，还是想对妹妹道一声又一声的珍重。二妹的身影愈行愈远，而诗人却还是不愿离去，站在无边的旷野上，他不禁回想起妹妹的种种美德与美好性情。自己的妹妹是如此温柔贤良、性情和顺、端庄谨慎，更可贵的是她深谋远虑、真诚可信，是那么聪慧贤良、心思玲珑，她谨记先王遗教，对自己时常叮嘱、勉励，不仅是自己最亲最爱的好妹妹，还是自己政治生活上的好帮手。妹妹此番远嫁，不知下次相聚又是何时。诗人的内心仿佛一下子空出了一个角落，也许诗人前不久还在打趣妹妹早日嫁得良婿，早日寻得婆家。此篇为我们描绘了一幅缠绵悱恻的送别图，兄妹深情，感人肺腑。

燕燕于飞[1]，差池其羽[2]。	燕子空中任飞翔，羽翼参差展翅膀。
之子于归[3]，远送于野。	妹子今日嫁他方，远远相送情意长。
瞻望弗及，泣涕如雨。	渐行渐远难瞻望，泪流满面如雨降。
燕燕于飞，颉之颃之[4]。	燕子空中任飞翔，忽高忽低穿梭忙。
之子于归，远于将之[5]。	妹子今日嫁他方，远远相送心忧伤。
瞻望弗及，伫立以泣。	渐行渐远难瞻望，长久伫立泪沾裳。
燕燕于飞，下上其音[6]。	燕子空中任飞翔，上下呢喃声低昂。
之子于归，远送于南[7]。	妹子今日嫁他方，远远相送到南方。
瞻望弗及，实劳我心[8]。	渐行渐远难瞻望，我心悲伤思断肠。
仲氏任只[9]，其心塞渊[10]。	二妹诚信又温良，深谋远虑有主张。
终温且惠[11]，淑慎其身[12]。	温柔和顺性情好，为人谨慎又善良。
先君之思[13]，以勖寡人[14]。	常把先王挂心上，叮咛之声耳边响。

注释

1 燕燕：燕子。

2 差池：不齐的样子。

3 于归：出嫁。

4 颉（xié）：向上飞。颃（háng）：向下飞。

5 将：送。

6 下上其音：意思是群燕上下翱翔，发出鸣声。

7 南：指卫国的南边。

8 实：是。劳：因思念而劳神。

9 仲氏：二妹。仲，第二。任：信任。只：语气助词。

10 塞：诚实。渊：深。

11 终：既。惠：随和。

12 淑：善良美好。慎：谨慎。

13 先君：已故国君。

14 勖（xù）：勉励。寡人：卫国君主的自称。

击 鼓

导读

这是一首远征士兵思念妻子的诗。诗开篇映入眼帘的是军队战鼓雷雷、士兵挥刀舞枪的情景，看似气势昂扬，热血沸腾，然而，诗人笔锋一转，“土国城漕，我独南行”，陡生无限悲凉。修筑漕城的士兵们确实辛苦，但是他们毕竟是在国内，不像自己，远征在外，独自南下。原来诗中士卒跟随统率孙子仲，前去调停陈国和宋国的战事，久久不得归家，终日营宿在外，这怎么不叫人“忧心有忡”。一路上他跌跌撞撞，不知接下来又将在哪儿安营扎寨。他心不在焉，左思右想，马儿竟不知何时挣脱缰绳跑掉了，该去哪儿寻找自己的战马呢？士卒最终在树林里找到了它。诗中的征夫就如随时想着逃跑的战马，不知归期的征程让他无心战事，他内心极度渴望逃离这种没有希望的生活，彻底结束自己永无止境的烦恼。想想自己离家不知有多久了，久到自己可能将对妻子的承诺变成无谓的空谈。他愧对妻子，愧对曾经对妻子立下的誓言，此时他只有一个最简单的愿望，就是和妻子团聚，无论生死，两人再也不分离，就这样一直白头到老。但就是这简单不过的愿望对征夫来说却是一个遥遥无期的美梦，夫妻携手到老美得像梦，但也不真实得像梦，辽阔的边境上，征夫长歌当哭，迎风洒泪。本诗文笔细腻，叙事生动，情感真切，写征夫之悲，催人泪下，其中“死生契阔，与子成说。执子之手，与子偕老”成千古名句。

击鼓其镗[1]，踊跃用兵[2]。	擂动战鼓镗镗响，士兵踊跃舞刀枪。
土国城漕[3]，我独南行。	别人国内修城墙，唯我独自下南方。
从孙子仲[4]，平陈与宋[5]。	跟随统率孙子仲，前去调停陈和宋。
不我以归[6]，忧心有忡[7]。	不能归家外地宿，忧愁烦闷心忡忡。
爰居爰处[8]？爰丧其马[9]？	哪儿扎寨哪安家？我在何处丢战马？
于以求之[10]？于林之下。	我往哪儿去找它？就在那片树林下。
死生契阔[11]，与子成说[12]。	生死永远不离弃，这是你我的约定。
执子之手，与子偕老。	紧握你手两相依，白头到老在一起。
于嗟阔兮[13]，不我活兮[14]。	可叹相距太遥远，使得你我难会面。
于嗟洵兮[15]，不我信兮[16]。	可叹分别太久远，不能兑现那誓言。

注释

1 镗（tāng）：击鼓声。

2 踊跃用兵：士兵舞动兵器，激情昂扬。兵，兵器。

3 土国城漕：大兴土木筑漕城。“土”和“城”在这里都用作动词。

4 孙子仲：卫国的将军，此次南征的将领。

5 平：调停。平陈与宋，调节陈国与宋国的矛盾。

6 不我以归：“不以我归”的倒文，不准我回来。

7 有忡：即忡忡，忧愁烦闷的样子。

8 爰：在哪儿。居、处：安家。

9 丧：丢失。

10 于以：到何处。以，何。

11 契：合。阔：离。

12 成说：成约，订约。

13 于嗟：表感叹。于，通“吁”。

14 活：相聚。

15 洵：指离别太久。

16 信：兑现承诺。

凯风

导读

这是一首歌颂母亲并自我谴责的诗。诗第一章以凯风吹拂酸枣的嫩芽起兴，将母亲比作那温柔的和风，棘心比作初生的儿子，“棘心夭夭，母氏劬劳”，为了养育七口小儿，母亲独自操劳，万分辛苦。当弱小的酸枣树在和风的吹拂中一天天粗壮起来的时候，孩子们也慢慢长大了，母亲贤良淑德，明辨事理，细心教导孩儿，希望他们长大后都能有出息、有作为，至少做一个有行有德之人。但孩子们却没有完成母亲的心愿，有负母亲的一片苦心，诗人深表自责，对母亲的愧疚之情溢于言表。第三章诗人又以寒泉滋养浚城起兴，将母亲比作清甜的泉水，她操持整个家务，养育七个孩子，无怨无悔。然而，母亲虽然育有七子，含辛茹苦了一辈子，但儿子们却没能好好孝敬她，直到七个儿子都一一长大了，她还是不得安享晚年。想想，连林间的黄鹂都有美妙动人的歌声，而作为儿子的自己却不能让操心一辈子的母亲稍感宽慰，诗人无比自责，更觉无地自容。也许，“我无令人”乃诗人自谦之词，但正是因为他目睹了母亲是怎样用自己温暖的双手将七个儿子拉扯大的，所以他才更加深切地感受到母亲的艰辛，也就觉得无论做什么，作为儿子的自己都无法回报母亲莫大的恩德。本篇诗意流畅，比喻贴切，用情真挚，表达了孝子对母亲的无尽感恩与一片深情。

凯风自南[1]**，吹彼棘心**[2]。	南方和风吹来到，吹在酸枣树芽上。
棘心夭夭[3]**，母氏劬劳**[4]。	树芽娇嫩欠粗壮，母亲实在太辛劳。
凯风自南，吹彼棘薪[5]。	南方和风吹来到，风中酸枣长粗壮。
母氏圣善[6]**，我无令人**[7]。	母亲明理又贤良，我不成器负她望。
爰有寒泉[8]**，在浚之下**[9]。	寒泉之水真清凉，滋养浚城润四郊。
有子七人，母氏劳苦。	儿子七个真不少，母亲终日苦操劳。
睍睆黄鸟[10]**，载好其音**[11]。	林间黄雀婉转鸣，歌声美妙又动听。
有子七人，莫慰母心。	纵然生子共有七，不能慰藉慈母心。

注释

1 凯风：和风。

2 棘：即酸枣树，枝上有刺，叶长椭圆形，花黄绿色，果实较枣小，味酸。棘心，指酸枣树刚发出的嫩芽。

3 夭夭：娇弱的样子。

4 劬（qú）劳：辛苦劳累。

5 棘薪：长到可以当柴烧的酸枣树。
6 圣善：贤良明理。
7 令：善。
8 爰：句首语气助词。寒泉：卫国泉水名，因泉水清冽故称“寒泉”。
9 浚（xùn）：卫国地名，浚城。
10 睍（xiàn）睆（huǎn）：形容鸟声清和婉转。黄鸟：即黄雀，也叫黄鹂、黄莺、鸧鹒，羽毛黄色，和麻雀一般大小，声音婉转动听。
11 载：句首语气助词。

匏有苦叶

导读

这是一首年轻女子等待情人来迎娶的诗。古代婚礼中有一种仪式，就是将匏瓜剖开，分为两瓢，新婚夫妇各执一瓢，斟酒以饮，称为“合卺”，所以后来多以“合卺”代指成婚。由此来看，诗人以匏瓜起兴可谓寓意深刻，秋天匏瓜成熟，这不就是暗示意中人勿忘婚期，早做准备吗？同时，从“济有深涉”等诗句来看，男女双方隔着一条渡河。在古代，人们还把匏系于腰间，用以渡水，叫作“腰舟”。在这里，女主人公是在进一步提醒男子做好渡河准备，早日迎娶自己。济水岸边的草丛里野鸡鸣唱不已，它们以歌求偶，叫声此起彼伏，这无疑惹得女主人公心猿意马，她满怀希冀，等候婚期。晴空万里，大雁齐飞，女子此时已经按捺不住了，内心开始变得焦躁，她对天呼喊：你若真想娶我，就赶紧趁着这美好的日子，趁着这河里的流水还未结冰。“招招舟子，人涉卬否。人涉卬否，卬须我友”，她天天来到济水岸边痴痴张望，看心上人有没有过来，这不就像《卫风·氓》中“乘彼垝垣，以望复关”的痴心女子吗？船家看到岸边徘徊的女子以为她要过河，故而频频招手，可这位少女只是每日来到此处却从未打算过河。本诗生动活泼，塑造了一位天真烂漫、痴心等待的少女形象，将她内心的喜悦、期盼与焦躁描绘得入木三分。

匏有苦叶[1]**，济有深涉**[2]。	秋来匏瓜藤叶黄，济水渡口深难望。
深则厉[3]**，浅则揭**[4]。	要是水深连衣渡，要是水浅提裙蹚。
有弥济盈[5]**，有鷕雉鸣**[6]。	济水涨满水茫茫，岸丛野鸡鸣欢畅。
济盈不濡轨[7]**，雉鸣求其牡**[8]。	水满车轮未浸到，野鸡求偶把歌唱。
雝雝鸣雁[9]**，旭日始旦**[10]。	大雁齐飞和鸣唱，旭日东升放光芒。
士如归妻[11]**，迨冰未泮**[12]。	你若娶妻要赶早，趁着河水尚流淌。
招招舟子[13]**，人涉卬否**[14]。	船夫频频招手唤，别人渡河我等待。
人涉卬否，卬须我友[15]。	别人渡河我等待，等着恋人来相爱。

注释

1 匏（páo）：草本植物，果实比葫芦大，对半剖开可做水瓢。古人还把匏系于腰间，用以渡水，叫作“腰舟”。同时在古代婚礼仪式中，将匏一分为二，新婚夫妇各执一瓢，斟酒以饮，称“合卺”。苦：通“枯”。

2 济：济水，源于今河南省，流经山东省入渤海。深涉：深水渡口。

3 厉：连衣渡水。

4 揭：提起下衣渡水。

5 弥：水满的样子。

6 鷕（yǎo）：雌雉的叫声。

7 濡：浸湿。轨：车轴的两端。

8 牡：雄雉。

9 雝雝（yōng）：鸟和鸣的声音。

10 旦：天明。

11 归妻：娶妻。

12 迨（dài）：趁着。泮（pàn）：融解。

13 招招：招手呼唤的样子。舟子：摆渡的人。

14 卬（áng）：我。

15 须：等待。

谷 风

导读

这是一首弃妇哭诉丈夫变心的诗。从诗的叙述来看，女主人公不怕艰难与家境贫苦的丈夫结为夫妻，他们共同奋斗，生活也逐渐好了起来，本以为二人从此能够幸福生活，没想到丈夫却变心了，对她拳打脚踢，肆意辱骂，最后还迎娶了新人，将曾经同甘共苦的结发妻子彻底冷落抛弃。弃妇满腔忧愤，痛不欲生，终于在新人进门之日，将内心淤积的情绪一股脑儿地发泄出来。诗开头以山谷吹来的大风和阴雨绵绵的天气奠定本诗愁苦而悲愤的意境，漫天飘洒的雨水犹如弃妇凄惨心境下流出的眼泪。接下来诗人以抛弃蔓菁和萝卜的根茎来暗指丈夫背信忘本，全然不顾同甘共苦的结发妻子以及自己曾经立下的誓言。第二章女子回忆当初和丈夫共同经历的苦日子，也许在别人看来犹如荼菜苦涩难咽，但她却觉得犹如荠菜甘甜可口，丈夫此时新婚燕尔和新人亲密无间，这对女子来说才是最难忍受的痛苦。第三章弃妇表示，就算丈夫无情地诽谤自己，她也会坚守内心，“毋逝我梁，毋发我笱”，此刻她只想用重的劳动麻醉自己，也希望丈夫看到自己如此辛勤劳动不要再说伤人的话语。第四章女子回顾以往生活，想想她为这个家付出了多少？她想方设法解决困难，家中大小事情一并扛起，哪怕是街坊邻里有困难她也尽力相助，女子想不通自己还有哪里做得不好，这样的自己怎么就得不到丈夫的疼惜？第五章女子悲叹丈夫如今将自己当成仇敌一般，当成难以售出的货物一般，当成害人的毒物一般，真是痛彻心扉。第六章女子看到丈夫喜结新婚，把生活的重担全部压给自己，甚至对自己拳脚相向，她觉得此时的自己对丈夫而言根本就不是妻子，而是随意打骂的奴仆，回想她和丈夫往日的情意，简直就像空梦一场。本诗多方譬喻，反复吟诵，深度揭示了女子难以愈合的精神创伤，这刻骨铭心的爱与痛、恨与怨感人至深。诗中女子在爱情中的悲惨遭遇虽得以陈诉却不得以解脱，她不幸成为婚姻中无辜的牺牲品，这折射了当时普遍的社会现实。虽然这是时代难以摆脱的困境，但还是为这位勤劳苦命的女子感到痛心，对男子无良粗暴的行径感到无比愤怒。

习习谷风[1]**，以阴以雨**[2]。	山谷大风呼呼响，乌云满天雨水降。
黾勉同心[3]**，不宜有怒。**	夫妻同心相依傍，不该发怒把人伤。
采葑采菲[4]**，无以下体**[5]。	蔓菁萝卜采取到，却将根部丢一旁。
德音莫违[6]**，及尔同死。**	往日誓言不要忘，生死相依相伴长。
行道迟迟[7]**，中心有违**[8]。	脚步迟缓行于道，心有怨恨自惆怅。
不远伊迩[9]**，薄送我畿**[10]。	远远相送不奢望，哪知就送家门旁？
谁谓荼苦[11]**？其甘如荠**[12]。	谁说荼菜苦断肠？我觉甜似荠菜样。
宴尔新昏[13]**，如兄如弟。**	甜蜜快乐新婚好，亲如兄弟真欢畅。
泾以渭浊[14]**，湜湜其沚**[15]。	渭水入注泾水黄，水底清澈可瞻望。
宴尔新昏，不我屑以[16]。	甜蜜快乐新婚好，诬我不洁乃诽谤。
毋逝我梁[17]**，毋发我笱**[18]。	我的鱼坝别来往，也别碰我捕鱼筐。
我躬不阅[19]**，遑恤我后**[20]。	自身尚且不见好，身后更是不做想。
就其深矣，方之舟之[21]。	好比河水深又广，筏子小舟用上场。
就其浅矣，泳之游之。	好比河水清且浅，游泳即可渡来往。
何有何亡[22]**？黾勉求之。**	缺啥有啥日操劳，全心全意持家忙。
凡民有丧[23]**，匍匐救之**[24]。	邻居有难必到场，尽心尽心去相帮。
不我能慉[25]**，反以我为仇**[26]。	你不爱我倒罢了，反视我为仇敌样。
既阻我德[27]**，贾用不售**[58]。	一片好意拒绝掉，就像货物难售掉。
昔育恐育鞫[29]**，及尔颠覆**[30]。	以往生活穷且慌，有难你我一同当。
既生既育，比予于毒[31]。	而今生活渐变好，你却把我当毒抛。
我有旨蓄[32]**，亦以御冬。**	美味腌菜我储藏，漫长冬季可抵挡。
宴尔新昏，以我御穷[33]。	你们新婚多欢畅，用我挡穷心忧伤。

有洸有溃[34]**，既诒我肄**[35]。	发怒动粗拳脚上，还有重活日夜忙。
不念昔者，伊余来塈[36]。	不念旧情且罢了，你我恩爱梦一场。

注释

1 习习：风声。谷风：来自山谷中的风。

2 以：又。

3 黾（mǐn）勉：勉励，努力。

4 葑（fēng）：菜名，即蔓菁，也叫芜菁，一年生或两年生草本植物，根部粗大。菲（fěi）：指芜菁一类的植物。或以为萝卜。

5 以：用。下体：指根部。

6 德音：这里指丈夫曾经说过的甜言蜜语。

7 迟迟：缓慢的样子。

8 中心：即心中。违：怨恨惆怅。

9 伊：是。迩：近。

10 薄：句首语气助词。畿（jī）：门槛。

11 荼（tú）：一种苦菜。

12 荠：甜菜。

13 宴：快乐。昏：通“婚”。

14 泾、渭：水名，皆源自甘肃，在陕西高陵合流。

15 湜湜（shí）：水清澈的样子。沚：水底。

16 不我屑以：即不以我为屑。屑，洁。

17 逝：去，往。梁：鱼坝。

18 发：打开。笱（gǒu）：竹制的捕鱼器具。

19 躬：自身。阅：容纳。

20 遑：如何。恤：顾及。后：以后的境况。

21 方：筏子，这里指撑筏渡河。方、舟在这里皆用作动词。

22 亡：没有。

23 民：这里指街坊邻居。丧：难事。

24 匍匐：这里是尽力的意思。

25 不我能慉：“能不慉我”的倒文。能，乃。慉（xù），爱惜。

26 仇：仇敌。

27 阻：拒绝。

28 贾（gǔ）：卖。用：货物。不售：卖不出去。贾用不售，意思是把我当作难以脱手的货物。

29 育：生活。恐：恐慌。鞫（jū）：穷困。
30 及尔颠覆：与你共患难。
31 于毒：如毒物。
32 旨蓄：美味腌菜。
33 御穷：抵御贫穷。
34 洸（guāng）：动武的样子。溃：发怒的样子。
35 诒：通“贻”，遗留。肄（yì）：繁重的工作。
36 来：语气助词。塈（jì）：爱。

式微

导读

这首诗抒发了服劳役者的痛苦心情以及对统治阶级的怨恨。诗开头以设问的形式陈诉服役者内心的愤懑，夜幕早已降临，为何他还不能回家？接下来诗人又以反问的语气回答上面的问题，如果不是为君王服务，他又哪会风餐露宿？设问中叠加反问，效果强烈，表现了在外服役者的艰难处境，传达了他们最真实的心声。第二章重复咏叹，再次表达服役者满腔的怨愤与痛苦。诗虽短短两章，但结构精巧，言简意赅，且每章换韵，流畅自然，意味深长，给人丰富的审美体验，后代许多文人就从这数言片语中品出了不同的义理。

式微式微[1]，胡不归？ 天边早已降夜幕，为何有家回不去？
微君之故[2]，胡为乎中露[3]？ 如果不是为君主，哪会夜深露中宿？
式微式微，胡不归？ 天边早已降夜幕，为何有家回不去？
微君之躬[4]，胡为乎泥中？ 如果不是为君主，哪会走这泥水路？

注释

1 式：句首语气助词。微：天黑。
2 微：非，不是。
3 胡为：何以。中露：露中。
4 躬：身体。

简 兮

导读

这是一首女子对万舞表演者心生爱慕之情的诗。诗的第一章描绘了一幅豪迈壮阔、激动人心的情景：鼓声震天，红日当空，那人蓄势待发，直立在舞队的上前方，隆重的万舞表演马上就要开始。第二章作者写这位舞师的武舞部分。他身材魁梧，身姿矫健，手中的缰绳被他舞得像飘飞的丝带。舞师的神勇吸引了围观少女的目光，让她心跳不已。第三章作者接着写舞师的文舞部分。他左手拿着籥管吹出悠扬的曲调，右手握着雉羽挥举自如，他满面红光，风度翩翩，公爵赐下美酒以作嘉奖。试想如此勇猛有力而又风度优雅、气质沉稳的男子，怎能不让情窦初开的少女梦魂萦绕呢？第四章诗人以“山有榛，隰有苓”寄托男女情思，点明女子对舞师的爱慕之情，“彼美人兮，西方之人兮”，那人离去，远在西方，留下无尽相思。本诗手法不凡，全诗的氛围随着舞师的动作不停变化。刚开始他直立舞队前方，氛围豪迈庄严；接着他以壮美的身姿开始了万舞的武舞部分，气氛持续高涨；接下来男子身姿一转，开始了万舞的文舞部分，气氛也由此逐渐舒缓；随着男子领酒离开，这位被他迷倒的女子也陷入了绵长的相思，此时的氛围婉转低回，缥缈悠远，给人无限遐想。细细分析，每次情调的转变诗人都预先做好了铺垫，缓慢流转，自然入境。同时诗人的描写重点明晰，武舞时突出男子的雄壮有力，文舞时突出男子的雍容姿态，种种技巧竟融于这短短四章之中，作者可谓功力深厚。

简兮简兮[1]，方将万舞[2]。	鼓声震天叮咚响，万舞即将要上场。
日之方中，在前上处。	太阳正好当头照，他在前面第一行。
硕人俣俣[3]，公庭万舞。	身材魁梧又健壮，公庭前面万舞扬。
有力如虎，执辔如组[4]。	力大如虎气势强，缰绳舞如丝飘荡。
左手执籥[5]，右手秉翟[6]。	左手握籥声吹响，野鸡尾巴右手扬。
赫如渥赭[7]，公言锡爵[8]。	脸色红润如赤矿，公爵赐杯饮酒浆。
山有榛[9]，隰有苓[10]。	榛树长在高山上，湿地甘草长势茂。
云谁之思[11]？西方美人[12]。	日夜思念作何想？西方美人心牵绕。
彼美人兮，西方之人兮。	美人虽去难相忘，远在西方独惆怅。

注释

1 简：鼓声。

2 方将：将要。万舞：古代的舞名。先是武舞，舞者手拿兵器；后是文舞，舞者手拿鸟羽和乐器。

3 硕：高大。俣俣（yǔ）：身材高大魁梧。

4 辔（pèi）：马缰绳。组：丝带。

5 籥（yuè）：乐器名，形状像笛子。

6 翟（dí）：古代乐舞用的雉羽。

7 赫：红色。渥（wò）：滋润。赭（zhě）：红褐色矿石。

8 公：公爵。言：语气助词。锡：赐，引申为给予。爵：古代饮酒的器皿，三足，以不同的形状显示使用者的身份。

9 榛（zhēn）：落叶灌木或小乔木，结球形坚果，比板栗小，称榛子。

10 隰（xí）：低湿的地方。苓（líng）：甘草。

11 云：语气助词。

12 西方：指西周地区，因为卫国在东，其西边为周。美人：指诗中跳舞的青年。

北 门

导读

这是一首在外奔波劳累、在家又受责备的小官吏抒发内心苦闷的诗。一路走出城门，冷风吹得人心寒，小官吏此时满腔愁怨，因为他家境穷困，生活艰苦，此种痛苦无人体会更无处申诉，他只得仰天长叹：天命如此，“已焉哉！天实为之，谓之何哉”。这道出了他心底最真实、最无奈的悲哀。走着走着，家门就在不远处，可诗中的主人公却没有一丝欣喜，按理说，办完公事回到家中不是一天中最期盼的事情吗？此时小官吏道出了缘由，他政务繁忙，终日不得空闲，回到家中还被家人挖苦、数落、责备，他感到天地之大竟没有自己的容身之所。因此，他除了仰天长叹、自怨自艾，别无他法。诗中的主人公确实令人倍感同情，他地位卑下，工作繁重，收入微薄，但在家中还被家人嘲讽愚蠢无用，不能养家糊口，可有谁知道他内心的痛苦呢？他的身体因长期劳作已然疲惫不堪，但心还要时刻受着煎熬，被他最亲的人嘲讽，被他辛辛苦苦付出的人指责。他忧愁哀伤之余更觉自己的尊严受到沉重的打击，在这广阔天地间，他不知如何自处。本诗最大的亮点在于写出了小官吏来自工作与家庭的双重压力，生动反映了他所承受的身体与精神的双重痛苦，即便对我们现代人来说也是深有感触。

出自北门，忧心殷殷[1]。	北门出来冷风响，满腔愁怨心忧伤。
终窭且贫[2]**，莫知我艰。**	家境穷困又潦倒，无人懂我空惆怅。
已焉哉！天实为之，	既然如此那算了！老天既已安排好，
谓之何哉！	那我还能作何想！
王事適我[3]**，政事一埤益我**[4]。	国家差事派给我，政务一并加上身。

我入自外，室人交遍谪我[5]。
已焉哉！天实为之，
谓之何哉！
王事敦我[6]，政事一埤遗我。
我入自外，室人交遍摧我[7]。
已焉哉！天实为之，
谓之何哉！

我从外面入家门，家人骂我是蠢人。
既然如此那算了！老天既已安排好，
那我还能作何想！
国家差事逼迫我，政务日增齐上身。
我从外面入家门，家人讥讽好难忍。
既然如此那算了！老天既已安排好，
那我还能作何想！

注释

1 殷殷：忧伤的样子。
2 终：既。窭（jù）：贫穷。
3 適：当为“擿”，投也。引申为委派，派给。
4 一：全部。埤（pí）、益：都是增加的意思。
5 室人：家人。交遍：轮番。谪：责备。
6 敦：逼迫。
7 摧：讥讽，挖苦。

北 风

导读

这是不堪本国虐政的卫国贵族召唤朋友一同逃亡的诗。《毛诗序》曰：“《北风》，刺虐也。卫国并为威虐，百姓不亲，莫不相携持而去焉。”“北风其凉，雨雪其雱”，诗开头便描绘了一幅北风凛冽、大雪纷飞的景象，令人悚然心惊。然而，在这极为恶劣的天气里，大批百姓却正在呼朋唤友、备车鞍马，打算携同出逃。飘忽的风雪加重了局势的急迫，在这个狂风暴雪的日子里，大家共同商讨着出逃的计划，随着北风一阵紧过一阵，飘雪一场大过一场，大家心里越发急切。人群中有人高呼“其虚其邪，既亟只且”，告诉大家丝毫不能犹豫，片刻不能再等，此番逃亡迫在眉睫。到底为何出逃，又为何如此急切？“莫赤匪狐，莫黑匪乌。”诗人以邪恶的狐狸和黑暗的乌鸦比喻卫国暴虐的政治，前后呼应，点出百姓们逃离的原因。本诗善于以景造势、叠唱煽情，呼呼的北风和漫天飘舞的雪花渲染了紧张的气氛，展示了逃亡的情景，同时强调百姓们离去的决心；“其虚其邪，既亟只且”的反复咏叹，表明了逃亡者们迫切离去的心理以及对本国虐政的惧怕，进一步表明逃离意向之坚决，加重了局势的紧张。

北风其凉，雨雪其雱[1]**。**	北风呼呼天气凉，大雪纷飞满天扬。
惠而好我[2]**，携手同行。**	你我友爱好朋友，携手同路共逃亡。
其虚其邪[3]**，既亟只且**[4]**！**	岂能慢慢悠悠晃，事情紧急国将亡。
北风其喈[5]**，雨雪其霏**[6]**。**	北风呼呼猛吹到，大雪纷飞漫天扬。
惠而好我，携手同归[7]**。**	你我友爱好朋友，携手同路共逃亡。
其虚其邪，既亟只且！	岂能慢慢悠悠晃，事情紧急国将亡。
莫赤匪狐[8]**，莫黑匪乌**[9]**。**	没有狐狸不赤红，没有乌鸦不漆黑。
惠而好我，携手同车[10]**。**	你我友爱好朋友，携手同路共逃亡。
其虚其邪，既亟只且。	岂能慢慢悠悠晃，事情紧急国将亡。

1 雱（pāng）：雪下得很大的样子。
2 惠而：友爱。
3 虚：通“舒”，舒缓。邪：通“徐”，缓慢。其虚其邪，意思是事情紧急不能慢慢悠悠。
4 亟：急。只且：语气助词。
5 喈（jiē）：疾速的样子。
6 霏：雪花飘扬的样子。
7 同归：意思是一同奔向别国，寻求好归宿。
8 莫：没有。匪：非，不是。狐：狐狸。
9 乌：乌鸦。
10 同车：一同乘坐马车逃亡。

静　女

导读

这是痴情小伙等待心上人前来相会的诗。第一章写年轻的小伙子和美丽的姑娘相约在城墙角落会面，为了能早点见到心上人，青年迫不及待地来到相约的地点等候，他一遍又一遍地眺望远处，想第一时间捕捉姑娘的身影。然而，视线却总被眼前的房屋瓦舍、树木丛林所遮挡，青年急得像热锅上的蚂蚁，他怕姑娘突然来到自己措手不及、表现失态，他更怕姑娘忘记赴约或者不愿赴约。青年在城角来回徘徊，不知如何是好，急得搔头挠耳。第二章，青年看着手上姑娘所赠的彤管，心下一喜，紧张急切之情慢慢平复下来，他私心想着，姑娘以彤管相赠表明她对自己也是有意的，青年越想越是开心，望着彤管美丽鲜亮的色泽，他想起了姑娘明媚娇艳的容颜。第三章，青年回忆姑娘曾经送给自己的柔荑是她特意在郊野采的，实在是别出心裁呀，这美丽的柔荑因为姑娘相赠而更显华彩，也因为是姑娘相赠让他倍加珍惜，想着想着，青年陷入了无尽的甜蜜。本诗将年轻小伙子热恋时的复杂心理刻画得入木三分：在墙角痴痴等待时，他身心紧张、万分急切；看到手中彤管美丽的色泽时，他想到与之同样美丽的姑娘，因而心下欢喜、爱慕不已；想到姑娘亲自从郊野给自己采来柔荑时，他内心得意、欣喜若狂。年轻小伙的徘徊等待与内心焦躁，以及对姑娘所赠之物的异常喜爱无不体现了他对姑娘满满的爱意与浓浓的深情，这份纯洁而真挚的爱情如此美好，令人感动。本诗的形象刻画与意境营造极为成功，让我们对痴情的小伙印象深刻，对从未现身的姑娘遐想不已。

静女其姝[1]**，俟我于城隅**[2]**。** 姑娘娴静又漂亮，说好等我城角旁。
爱而不见[3]**，搔首踟蹰**[4]**。** 视线遮蔽望不到，急得抓头心慌张。
静女其娈[5]**，贻我彤管**[6]**。** 姑娘娴静又美好，送我彤管意绵长。
彤管有炜[7]**，说怿女美**[8]**。** 彤管色泽真漂亮，我爱彤管为姑娘。
自牧归荑[9]**，洵美且异**[10]**。** 郊野归来送柔荑，确实美丽又奇异。
匪女之为美[11]**，美人之贻。** 不是柔荑太美丽，美人相赠倍珍惜。

注释

1 静：娴静。姝：美丽。
2 俟：等待。城隅：城角。
3 爱：通“薆”，隐蔽。
4 踟蹰：徘徊。
5 娈：美好。
6 贻：赠送。彤管：杆身赤红的笔。
7 炜（wěi）：色泽鲜亮。
8 说：通“悦”，喜欢。怿（yì）：喜爱。女：通“汝”，指姑娘。
9 牧：野外。归（kuì）：通“馈”，赠送。荑（tí）：初生的白茅。
10 洵：实在，确实。异：特别。
11 匪：通“非”，不是。女：通“汝”，指荑。

新 台

导读

这是讽刺卫宣公抢夺儿媳的诗。卫宣公蔑视礼教，荒唐丑恶，他曾和父亲卫庄公的姬妾夷姜私通并生下儿子公子伋，因宠爱夷姜故将公子伋立为太子。后来，宣公替公子伋迎娶齐国女子宣姜为妻，还没有成婚，卫宣公看到宣姜长得很漂亮，心生喜欢，于是在黄河边修筑新台把宣姜娶过来据为己有，这就是著名的新台丑闻。卫国百姓对卫宣公的无耻行径感到十分厌恶，故作诗讽刺，本诗是通过假借宣姜口吻来达到讽刺目的的。诗的第一章，宣姜自呈心事："燕婉之求，籧篨不鲜"，本想嫁个美少年，没想到竟碰上这个"籧篨"一样的丑老汉。高耸的新台流光溢彩，色泽鲜亮，在阳光底下闪闪发亮，然而，如此气派的宫室竟是为了抢夺儿媳妇的丑汉所建，真是令人惋惜，新台的华美越发映衬了宣公的丑陋和他所干的丑事。第二章和第一章重章叠唱，反复咏叹新台的宏伟壮观以及卫宣公的丑陋外形，表现了宣姜内心的反感和厌恶以及对这桩婚事的极度不满。第三章，诗人以撒网捕鱼起兴，表明宣姜想要嫁得如意郎君的愿望。美好的婚姻被残酷的现实击倒，宣姜感到无比幻灭，只得再一次哀叹"燕婉之求，得此戚施"。本诗借宣姜之口，控诉了卫宣公违背伦常，鲜廉寡耻，表达了宣姜对这位丑陋至极的老汉的厌恶之情。

新台有泚[1]，河水弥弥[2]。	新台建成色鲜亮，河水涨满水茫茫。
燕婉之求[3]，籧篨不鲜[4]。	想嫁温雅公子郎，碰上丑汉真不祥。
新台有洒[5]，河水浼浼[6]。	新台高峻又宽敞，河水涨满汪洋洋。
燕婉之求，籧篨不殄[7]。	想嫁温雅公子郎，碰上丑汉没好相。
鱼网之设，鸿则离之[8]。	设好鱼网心欢畅，哪知蛤蟆掉入网。
燕婉之求，得此戚施[9]。	想嫁温雅公子郎，碰上丑汉未料想。

注释

1 新台：卫宣公为抢夺来的儿媳所建之台，故址在今河南濮阳境。泚（cǐ）：色彩鲜明。

2 河：指黄河。弥弥（mǐ）：水满的样子。

3 燕婉：安顺美好。

4 籧篨（qú chú）：粗竹席围成的矮粗器物，这里比喻有鸡胸不能弯腰的人。鲜：善。

5 洒（cuǐ）：高峻的样子。

6 浼浼（měi）：水盛的样子。

7 殄（tiǎn）：通"腆"，善。

8 鸿：指蛤蟆。离：通"罹"，遭受。

9 戚施：本意是蟾蜍四足据地，没有脖子，不能仰视。这里比喻驼背而不能抬头的人。

鄘风

柏 舟

导读

这首诗写的是待嫁女子的心仪对象不被母亲看好而被逼分手，抒发了女子的愤懑无奈之情。“髧彼两髦，实维我仪。”尚未加冠成年的少年郎是诗中女子心仪的对象，他头发分垂，活泼讨喜，洋溢着青春的朝气，只要一想到他，女子就会情难自已。“之死矢靡它”，女子情根深种，她认定男子是自己结婚的好对象，发誓此生非他不嫁，对他的感情至死不渝。然而，母亲大人却不顾念自己的心意，逼迫自己与心爱的少年分手另嫁他人。女子想不明白为什么自己不能嫁给自己喜欢的人，她更想不明白自己为何要嫁给不喜欢的人，她高声呼喊：“母也天只，不谅人只！”这声呐喊里面包含着埋怨、愤怒与无奈。她愤怒，因为自己早已心有所属并且至死不渝，母亲为何要阻挠自己，要逼迫自己分手，嫁给不喜欢的人呢？她埋怨，因为母亲也曾年轻过，也曾情窦初开过，为何就不能体会自己的感受呢？她无奈，因为自古以来婚姻大事乃父母之命、媒妁之言，由不得做子女的有半点儿想法，那份美丽的爱情只能永久埋在心底了。当然，这掷地有声的呐喊同时也传达了女子不愿屈服的反抗意识，虽然婚姻大事乃父母之命、媒妁之言，由不得自己做主，但她决心维护自己的爱情，坚守自己的内心，这无疑是向传统礼教发出挑战，向封建代表——母亲作出宣示。诗中女子虽然年纪尚轻，在强大的家长势力面前倍显弱小，但她身上蕴藏着强大的力量。她敢于表达自己心声，敢于反对不公平的安排，有着强烈的抗争精神。

泛彼柏舟[1]，在彼中河[2]。	柏木船儿悠悠晃，河水中央漂荡荡。
髧彼两髦[3]，实维我仪[4]。	头发分垂少年郎，是我心仪好对象。
之死矢靡它[5]。母也天只[6]，	至死不会变心肠。我的天呀我的娘，
不谅人只[7]！	我的感受不体谅！
泛彼柏舟，在彼河侧。	柏木船儿悠悠晃，河岸旁边漂荡荡。
髧彼两髦，实维我特[8]。	头发分垂少年郎，和我匹配好对象。
之死矢靡慝[9]。母也天只，	至死不会把手放。我的天呀我的娘，
不谅人只！	我的感受不体谅！

注释

1 泛：船漂荡的样子。柏：常绿乔木，木质坚硬，纹理致密，可供建筑及制造器物之用。

柏舟，即柏木做的舟。

2 中河：河中。

3 髧（dàn）：头发下垂的样子。两髦：古代男子未成年时的发式，发分垂两边至眉，谓之“两髦”。

4 仪：对象。

5 之：至。矢：誓。靡：无。它：其他。之死矢靡它，意思是到死都不会有他念。

6 也、只：语气助词。

7 谅：体谅。

8 特：配偶。

9 慝（tè）：邪恶，恶念，引申为变心。

君子偕老

导读

这是一首讽刺宣姜的诗，诗中极言其服饰仪容之美，用以反衬宣姜的丑陋之行。宣姜本是卫宣公之子公子伋的妻子，但宣公贪其美貌故而将其霸占，二人生下公子寿、卫惠公。宣公死后，宣姜又与宣公的庶子公子顽私通，生下齐子、戴公、文公、宋桓夫人、许穆夫人。无论在政治上还是在私人生活上，宣姜皆可谓劣迹斑斑，故《毛诗序》云：“《君子偕老》，刺卫夫人也。夫人淫乱，失事君子之道，故陈人君之德，服饰之盛，宜与君子偕老也。”宣姜先是被宣公霸占，后又与公子顽私通，诗却以“君子偕老”开头，真是寓意深刻，发人深思，一开始便定下讽刺的基调。“副笄六珈。委委佗佗，如山如河，象服是宜”，此四句描写了宣姜出嫁时的服饰之绚丽、仪态之端庄，辞藻华丽，极尽夸张之能事，突出表现宣姜的尊贵地位。而此章结尾两句“子之不淑，云如之何”有如当头棒喝，在前面的层层渲染之后诗人直言宣姜品性之丑陋，反差巨大，效果强烈，让人感到吃惊的同时更深觉惋惜，没想到如此尊贵如此美貌的女子竟然心性不善、品性不端。第二章，诗人进一步从服饰、发饰、玉饰、容貌等方面赞美宣姜的雍容华贵与惊人美貌，宣姜的天人之姿令人直呼：“胡然而天也？胡然而帝也？”在层层铺垫、极力渲染之后，全诗以“展如之人兮，邦之媛也”结尾，此两句意味深长，给人无限反思。本诗辞藻华丽，反衬鲜明，讽刺效果强烈，诗人越是浓墨重彩描绘宣姜服饰容貌之美，越是凸显其内在品性之丑，正如朱熹《诗集传》所说：“言夫人当与君子偕老，故其服饰之盛如此，而雍容自得，安重宽广，又有以宜其象服。今宣姜之不善乃如此，虽有是服，亦将如之何哉！言不称也。”

君子偕老[1]，**副笄六珈**[2]。	美人君子同到老，首饰玉簪头上晃。
委委佗佗[3]，**如山如河**[4]，	举止雍容又端庄，沉稳犹如山河貌，

象服是宜[5]**。子之不淑**[6]**，**	衣服得体色鲜亮。哪知品德不贤良，
云如之何[7]**？**	你又拿她能怎样？
玼兮玼兮[8]**！其之翟也**[9]**。**	服饰绚丽又鲜亮，野鸡彩羽装点上。
鬒发如云[10]**，不屑髢也**[11]**。**	头发黑密云一样，假发哪里用得上？
玉之瑱也[12]**，象之揥也**[13]**，**	美玉充耳垂两旁，象牙发钗别头上，
扬且之皙也[14]**。胡然而天也**[15]**？**	肤色白皙容颜靓。莫非仙女从天降？
胡然而帝也[16]**？**	莫非帝女入凡壤？
瑳兮瑳兮[17]**！其之展也**[18]**。**	服饰绚丽又鲜亮，白色礼服放光芒。
蒙彼绉絺[19]**，是绁袢也**[20]**。**	细葛汗衫罩身上，内衣轻薄夏日凉。
子之清扬[21]**，扬且之颜也**[22]**。**	她的眼眸多清亮，光彩熠熠容颜靓。
展如之人兮[23]**，邦之媛也**[24]**。**	世间竟有此美貌，风姿绝世动国邦。

注释

1 君子：指卫宣公。偕老：本意是夫妻恩爱、相伴到老。这里用以代指与君子结合的新娘，即宣姜。

2 副：古代妇女的一种头饰，用头发编成假髻，称“副”。笄（jī）：簪子。珈（jiā）：用簪子把假髻别在头上，上加玉饰，称“珈”。珈数的多少有表明身份的作用，“六珈”为侯伯夫人所用。

3 委委（wēi）佗佗（tuó）：雍容自得的样子。

4 如山如河：形容仪态端庄，如山般稳重，如河般深沉。

5 象服：古代贵妇所穿的衣服，上面绘有各种物象作为装饰。宜：得体。

6 子：指宣姜。淑：善。

7 云：句首语气助词。如之何：奈之何。

8 玼（cǐ）：服饰鲜明的样子。

9 翟（dí）：绘有野鸡彩羽的衣服。

10 鬒（zhěn）：头发黑密。

11 不屑：用不着。髢（dí）：假发。

12 瑱（tiàn）：古人冠冕上垂在两侧的玉饰。

13 象之揥（tì）：象牙制成的发钗。

14 扬：形容脸色有光彩。且：语气助词。皙：白。

15 胡：为何。然：这样。而：如。天：天仙。胡然而天也，意思是宣姜美如天仙。

16 胡然而帝也：意思是宣姜美得像帝女降临人间。帝，帝女。

17 瑳（cuō）：衣服色彩绚丽的样子。

18 展：白色的衣服。

19 蒙：罩。绉（zhòu）絺（chī）：细葛布。

20 绁袢（xiè pàn）：亵衣，内衣。

21 清扬：眉目清秀。

22 扬且之颜也：意思是容颜光彩艳丽。

23 展：确实。

24 邦：国家。媛：美女。

鹑之奔奔[1]

导读

这是一首讽刺卫国君主荒淫无耻的诗。卫宣公先是和父亲卫庄公的姬妾夷姜私通生下儿子公子伋，后又霸占本应为公子伋之妻的宣姜，在宣姜和公子朔（宣公与宣姜之子）的唆使下，宣公又将公子伋残忍杀害。本诗以鸟兽起兴，用鹌鹑雌雄相随、喜鹊相伴鸣唱暗讽宣公荒淫无道的可耻行径，诗人斥责宣公“人之无良”，真是枉为人父、枉为人君。本诗造句整齐，音律和谐，措辞精巧，短小精悍，诗人独出心裁，寓意深刻，意味无穷。

鹑之奔奔，鹊之彊彊[2]。	鹌鹑双双展翅翔，喜鹊齐飞鸣欢畅。
人之无良[3]，我以为兄。	那人品行不纯良，我竟尊他为兄长。
鹊之彊彊，鹑之奔奔。	喜鹊齐飞鸣欢畅，鹌鹑双双展翅翔。
人之无良，我以为君。	那人品行不纯良，我竟尊他为君王。

注释

1 鹑（chún）：鹌鹑，体形似鸡，头小尾秃，羽毛赤褐色，杂有暗黄条纹。雄性好斗。奔奔：鸟类雌雄相随的样子。

2 鹊：喜鹊。彊彊（jiāng）：鸟群飞相随之貌。

3 人：指讽刺对象，即卫宣公。

相 鼠

导读

这是讽刺卫国统治阶级不讲礼仪、鲜廉寡耻的诗。前面的诗篇《新台》《君子偕老》已多次提到卫国统治阶级的丑恶行径，但总体上是以暗讽的方式进行批判。如果说那些诗篇对卫国王室的揭露与抨击还尚留余地的话，那本篇则不遗余力，将统治阶级的鲜廉寡耻、罪恶勾当批判得体无完肤。老鼠历来遭人厌恶，“老鼠过街，人人喊打”，然而，本诗却说“相鼠有皮，人而无仪”，有些人竟然连老鼠都不如；“人而无仪，不死何为”，既然不顾脸面，不知羞耻，那还活着干什么？第二章诗人以“相鼠有齿，人而无止”进一步反映统治阶级没有节制、丑闻常出；“人而无止，不死何俟”语气凌厉，诗人的批判力度加强。第三章诗人以“相鼠有体，人而无礼”抨击统治阶级蔑视礼教、放荡无形；“人而无礼，胡不遄死”如利剑刺喉，痛快人心。诗人语言直白，毫不避讳，用力之猛令人惊叹，表明卫国百姓对统治阶级的丑恶行径痛心疾首、忍无可忍。

相鼠有皮[1]，人而无仪[2]。
人而无仪，不死何为[3]？
相鼠有齿，人而无止[4]。
人而无止，不死何俟[5]？
相鼠有体，人而无礼。
人而无礼，胡不遄死[6]？

看那老鼠有皮毛，这人一点没仪表。
为人如果没仪表，为何还不去死掉？
看那老鼠有牙齿，这人一点不节制。
为人如果不节制，还不快死待何时？
看那老鼠有肢体，这人一点不讲礼。
为人如果不讲礼，赶快去死莫迟疑。

注释

1 相：看。

2 仪：威仪。

3 何为：即“为何”。

4 止：节制。

5 俟：等。

6 遄（chuán）：快。

载 驰

导读

这是许穆夫人哀悼卫侯的诗，抒发了她对祖国的忧思之情。许穆夫人被誉为世界历史上第一位女诗人，也是中国历史上第一位杰出的爱国女诗人。许穆夫人是卫宣公的庶子公子顽与曾被卫宣公强占的宣姜所生，她自幼天资聪颖，才华横溢，美貌多姿，各诸侯国都派使者前来求婚，在许国重礼的打动下，她的父母便将她嫁给许国国君许穆公为妻，所以称为许穆夫人。北狄入侵卫国，卫国灭亡，许穆夫人得知此消息悲痛万分，恨不得马上前往卫国吊唁卫侯，报仇雪恨。然而，许穆夫人势单力薄，她向许穆公求助，希望他能够出手救援，但许穆公胆小怕事，不肯施救，于是悲恨交加的许穆夫人带着当初陪嫁的同姓女子，快马加鞭赶赴漕邑。许国大臣得知情况后纷纷赶来漕邑阻止，他们指责许穆夫人不顾身份擅自行动，有失体统，同时，许国大臣们怕许穆夫人的行为会为许国带来灾祸，故而极力劝阻，想把许穆夫人截回来。许穆夫人毫不动摇，毅然决然，她坚信自己的决定是对的，于是写下了千古名篇《载驰》，表明自己归国救援的决心，痛斥许国的无情无义，表达了一名女子热爱祖国、保卫祖国的信念。诗的第一章叙述许穆夫人赶往漕邑吊唁，刚到不久许国大夫便前来阻止。第二章写本来悲痛万分的许穆夫人此时气恨交加，许国不肯救援倒也算了，竟然还要阻止自己的救国行动，许穆夫人怒不可遏，于是斥责许国大夫“既不我嘉，不能旋反。视尔不臧，我思不远。既不我嘉，不能旋济。视尔不臧，我思不閟”。第三章，内心苦闷的许穆夫人，“陟彼阿丘，言采其蝱”，望着远处的高山丘陵，许穆夫人细细思索，虽然许国大臣责骂自己，但自己的做法是正确的，于是她更加坚定了自己的决心。第四章，从山上下来的许穆夫人沿着田野一边前行一边深思，她知道仅凭一己之力无法复兴祖国、平息战乱，可是该向谁去陈诉苦衷，请求救援呢？末章，许穆夫人重申心志，表明自己回国救亡的决心。后来齐桓公得知此事后，立即派兵救援卫国，使卫国避免了一场灾祸。从诗的叙述来看，许穆夫人刚强果敢，有情有义，乃女中豪杰，同时，她才华横溢，诗思敏捷，令人佩服。

载驰载驱[1]**，归唁卫侯**[2]**。**	驾起车来快快走，匆忙回国吊卫侯。
驱马悠悠[3]**，言至于漕**[4]**。**	策马飞驰路遥远，到达漕邑不停留。
大夫跋涉[5]**，我心则忧。**	许国大夫来追我，知晓来意心发忧。
既不我嘉[6]**，不能旋反**[7]**。**	虽不赞成我主张，返回许地是妄想。
视尔不臧[8]**，我思不远**[9]**。**	比起你们心不好，思念祖国难相忘。
既不我嘉，不能旋济[10]**。**	既不赞成我主张，无法渡河归故乡。
视尔不臧，我思不閟[11]**。**	比起你们心不好，怀念宗国情意长。
陟彼阿丘[12]**，言采其蝱**[13]**。**	登上那座高山冈，采集贝母解忧伤。

女子善怀[14]，亦各有行[15]。	女子多愁善怀想，道理烦恼不一样。
许人尤之[16]，众稚且狂[17]。	许国众人把我怨，说我幼稚又疯狂。
我行其野[18]，芃芃其麦[19]。	走在卫国原野上，麦苗青青长势茂。
控于大邦[20]，谁因谁极[21]？	欲往大国去赴告，谁会相帮谁可靠？
大夫君子[22]，无我有尤[23]。	许国大夫众君子，不要怨我且怒指。
百尔所思[24]，不如我所之[25]。	你们纵有百遍思，不如我去走一次。

注释

1 载：句首语气助词。驰、驱：策马奔驰。

2 归：回国。唁（yàn）：吊丧。

3 悠悠：形容路途遥远。

4 言：句首语气助词。漕：卫国地名。

5 大夫：即前来漕邑阻拦的许国大臣。跋涉：即跋山涉水。

6 嘉：赞许。

7 旋反：返回。反，同“返”。

8 视：比。臧：善，好。

9 远：忘。

10 济：渡河。

11 閟（bì）：闭塞。

12 阿丘：四边高的土山。

13 蝱（méng）：即贝母，多年生草本植物。其鳞茎供药用，有止咳化痰、清热散结之功。

14 善：多。怀：思。

15 有行：道理。

16 许人：许国大臣。尤：责备。

17 众：通“终”，既，表示并列关系。稚：幼稚。狂：疯狂。

18 野：郊外原野。

19 芃芃（péng）：茂盛的样子。

20 控：赴告。大邦：大国。

21 因：依靠。极：至，指别国前来救援。

22 大夫君子：即许国的大臣们。

23 无：通“毋”。有：又。尤：责备。

24 百尔所思：意思是反复考虑。

25 之：到。

卫风

淇 奥

导读

这是赞美君子学问精湛、品行兼优的诗。绿竹向来是高洁品性的象征，诗人以“绿竹猗猗”起兴，引出对高雅君子的赞美，深意浅出，自然流畅。诗人首先概述君子才华品性，“有匪君子，如切如磋，如琢如磨。瑟兮僩兮，赫兮咺兮”，他学问精湛，品性纯良，仪态端庄，胸怀宽广，地位显赫，光明正大，如此君子当然令人一见难忘。第二章诗人着重描写君子的服饰。“有匪君子，充耳琇莹，会弁如星。”精美玉饰垂在耳旁，宝石镶帽闪闪发光，君子衣着精美，雍容华贵，显然是一位地位显赫之人，诗人通过描写君子的华丽衣着旨在衬托君子的无比尊贵，为下文埋下铺垫。第三章写君子的学问与品德。“有匪君子，如金如锡，如圭如璧。”君子学问精湛如金锡，品德纯洁如圭璧，他在车上依木的姿态是那么从容那么端庄。然而，就是这么个才华横溢、德行纯正、端庄典雅、地位显赫的君子谈吐竟是如此风趣幽默，他爱开玩笑，但从不恶语伤人，真是令人舒服自在，不胜喜爱。诗人从各个方面对君子进行不遗余力的渲染刻画，塑造了一个才学渊博、宽广醇厚的完美形象。值得一提的是，本诗措辞精巧，将君子的形象塑造得十全十美而又生动活泼，可见功力匪浅。

瞻彼淇奥[1]，绿竹猗猗[2]。	淇水湾头水流淌，竹林碧绿一行行。
有匪君子[3]，如切如磋[4]，	君子风流文采好，学问切磋互研讨，
如琢如磨[5]。瑟兮僩兮[6]，	德行琢磨取各长。仪表端庄胸宽广，
赫兮咺兮[7]。有匪君子，	光明正大又善良。君子风流文采好，
终不可谖兮[8]。	牢记心中永难忘。
瞻彼淇奥，绿竹青青。	淇水湾头水流淌，竹林碧绿长成行。
有匪君子，充耳琇莹[9]，	君子风流文采好，精美玉饰垂耳旁，
会弁如星[10]。瑟兮僩兮，	宝石镶帽闪星光。仪表端庄胸宽广，
赫兮咺兮。有匪君子，	光明正大又善良。君子风流文采好，
终不可谖兮。	牢记心中永难忘。
瞻彼淇奥，绿竹如箦[11]。	淇水湾头水流淌，绿竹丛丛真繁茂。
有匪君子，如金如锡，	君子风流文采好，学问金锡般精良，

如圭如璧[12]**。宽兮绰兮**[13]**，**	德行圭璧般洁好。胸襟开阔又旷达，
倚重较兮[14]**。善戏谑兮**[15]**，**	从容依木真端庄。说话风趣爱谈笑，
不为虐兮[16]**。**	从不刻薄把人伤。

注释

1 淇：卫国水名，在今河南省。奥：水边弯曲处。

2 猗猗：美丽茂盛的样子。

3 匪：通“斐”，形容有文采。

4 切、磋：器物加工的工艺名称，后用以比喻道德学问方面互相研讨勉励。

5 琢、磨：器物加工的工艺名称，后用以比喻道德学问方面共同研讨，取长补短。

6 瑟：矜持端庄的样子。僩（xiàn）：胸襟开阔的样子。

7 咺（xuān）：光明显耀的样子。

8 谖（xuān）：忘记。

9 充耳：古代挂在冠冕两旁的饰物，下垂及耳，可以塞耳避听，也叫瑱。琇（xiù）莹：美石。

10 会弁（biàn）：接缝处镶有玉石的皮帽。

11 箦（zé）：堆积。

12 圭：古代帝王或诸侯在举行典礼时拿的一种玉器，上圆（或剑头形）下方。璧：平圆形中间有孔的玉，古代在典礼时用作礼器，亦可作饰物。

13 宽：宽广。绰：温柔。

14 猗：通“倚”，依靠。重较：指古代卿士所乘车厢前左右伸出的可供倚攀的横木。

15 戏谑：说话诙谐有趣。

16 虐：刻薄伤人。

硕 人

导读

这是卫国人赞美卫庄公夫人庄姜的诗，历来备受推崇，被誉为称颂美人的千古绝唱。诗的第一章写美人的出身。“齐侯之子，卫侯之妻，东宫之妹，邢侯之姨，谭公维私。”庄姜家族显赫，三亲六戚皆为列国权势，她的父亲是齐王，夫君是卫侯，兄长是太子，她是邢侯的小姨，她的姐夫是谭公，其身份尊贵至极，令人惊叹。第二章写庄姜的容貌。“手如柔荑，肤如凝脂。领如蝤蛴，齿如瓠犀。螓首蛾眉”，纤纤细手，眉毛弯弯，脖颈修长，牙齿整齐，肌肤洁白，脸庞丰满，真是千娇百媚，光彩照人。作者对庄姜的外形进行了无比精细的刻画，呈现出一幅雍容华贵、容貌惊人的美人图。“巧笑倩兮，美目盼兮”，可谓神来之笔，使这位倾倒众人的美人从画里活过来，绽放耀眼光芒，摄人魂魄。第三章写庄姜出嫁的情景。“四牡有骄，朱幩镳镳。”婚礼隆重，场面盛大，庄严喜气。第四章写陪嫁随从。“庶姜孽孽，庶士有朅。”陪嫁的姑娘们个个标致，陪嫁的男子们仪表堂堂，婚礼之隆重与盛大、庄姜之美貌与地位可窥见一斑。本诗动静结合，虚实相生，正面描写与侧面描写巧妙转换，层层渲染，反复铺张，精刻细描，将庄姜的天人之姿以及显赫身世凸显无疑，对后代文学创作产生了深远的影响，清人姚际恒评价此诗“千古颂美人者，无出其右，视为绝唱”。

硕人其颀[1]，衣锦絅衣[2]。	美人高大身修长，穿着锦衣麻罩裳。
齐侯之子[3]，卫侯之妻[4]，	她的父亲是齐王，嫁与卫侯做新娘，
东宫之妹[5]，邢侯之姨[6]，	太子是她亲兄长，邢侯小姨也是她，
谭公维私[7]。	谭公正是她姊丈。
手如柔荑[8]，肤如凝脂[9]。	双手柔嫩像茅荻，肌肤润滑真白皙。
领如蝤蛴[10]，齿如瓠犀[11]。	脖颈优美如蝤蛴，齿若瓠子真整齐。
螓首蛾眉[12]，巧笑倩兮[13]，	双眉细长似蚕蛾，笑颜倩丽动人心，
美目盼兮[14]。	眼睛黑亮如点漆。
硕人敖敖[15]，说于农郊[16]。	美人高大又苗条，停车歇息在野郊。
四牡有骄[17]，朱幩镳镳[18]。	四匹雄马真健壮，马嚼系上红布条。
翟茀以朝[19]，大夫夙退[20]，	乘坐华车来上朝，大夫今日早退朝，
无使君劳[21]。	莫使国君太操劳。
河水洋洋[22]，北流活活[23]。	黄河之水真浩荡，日夜奔流向北方。
施罛濊濊[24]，鳣鲔发发[25]。	鱼网下水哗哗动，戏水鱼儿刷刷响。
葭菼揭揭[26]，庶姜孽孽[27]，	岸边荻芦高又高，陪嫁众女着盛装，
庶士有朅[28]。	护送人员真强壮。

注释

1 硕人：身材高大的美人。颀：修长。

2 衣锦絅（jiǒng）衣：穿着锦衣和麻罩衣。前一个“衣”字用作动词，解释为“穿”。絅，古代用细麻布做的套在外面的罩衣。

3 齐侯：齐庄公。子：指女儿。

4 卫侯：卫庄公。

5 东宫：太子居住的地方，这里指齐国太子。

6 邢：国名，在今河北邢台。姨：妻子的姊妹。

7 谭：国名，在今山东历城。私：古代女子对姊妹丈夫的称呼。

8 柔荑：白茅初生的嫩芽，多用来比喻女子柔嫩洁白的手。

9 凝脂：凝结的油脂，比喻光洁白润的皮肤。

10 蝤蛴（qiú qí）：天牛的幼虫，色白身长，借以比喻妇女脖颈之美。

11 瓠（hù）犀：葫芦瓜的子，喻美女的牙齿洁白整齐。

12 螓（qín）首：喻指女子的额角方广。螓，一种小蝉，方头广额。蛾眉：蚕蛾触须细长而弯曲，比喻女子美丽的眉毛。

13 倩：笑得很好看的样子。

14 盼：眼睛黑白分明的样子。

15 敖敖：高大的样子。

16 说：通“税”，停歇，休憩。

17 有骄：健壮的样子。

18 朱帻（fén）：马嚼环两旁的红色扇汗用具，亦用作装饰。镳镳（biāo）：盛多的样子。

19 翟茀（dí fú）：古代贵族妇女所乘的一种车子，车帘两边或车厢两旁以野鸡尾为饰。朝：朝见。

20 夙退：早点退朝。

21 无使君劳：不要让君王太劳累。

22 洋洋：水势浩荡的样子。

23 活活：水流声。

24 施：设。罛（gū）：大渔网。濊濊（huò）：渔网入水声。

25 鳣（zhān）：鳇鱼。鲔（wěi）：鲟鱼。发发（bō）：鱼跳跃声。

26 葭菼（tǎn）：芦和荻。揭揭：高高的样子。

27 庶姜：指为庄姜陪嫁的众女子。孽孽：装饰华丽的样子。

28 庶士：指护送庄姜的诸臣。朅（qiè）：勇武，壮健。

氓

导读

这是一首弃妇诗，女主人公以自身的痛苦经历诠释古代典型的婚姻悲剧，哀怨之余表现出了一定的反抗精神。诗的第一章追叙了男女主人公相识相恋的过程。男子是来自乡野的农民，他以买丝为由向情窦初开的少女表露心迹，女子纯洁天真，她又喜又羞，手足无措，只好以“子无良媒”为借口，送走男子，男子面露不悦，女子为了安抚他，便与其约定秋天成婚。此章虽是叙述男女结婚过程，但女子的天真善良与男子的虚假面孔一开始便为这桩失败的婚姻埋下伏笔。第二章写女子的思念与等待。“乘彼垝垣，以望复关”，自从和男子约定好婚期之后，女子便日夜等着男子来娶她，她登上缺墙遥望远方的情郎。“不见复关，泣涕涟涟。既见复关，载笑载言”，看不到情郎的身影，女子伤心落泪；终于等到了思念已久的情郎，女子有说有笑。女主人公青春年少，纯情至极，对男子情根深种的她再也等不及了，只想男子快点准备好结婚事项，早日将她迎娶过门。第三、四章，女子陈诉男子变心的过程。桑叶未落之时繁茂润泽，诗人以此起兴，比喻女子青春靓丽，而当桑叶纷纷坠落的时候，满目枯黄，女子经过岁月的洗涤也日渐失去光泽。女子沉溺爱情犹如斑鸠贪食桑葚，终会自食恶果。她嫁到夫家多年，吃苦受累，任劳任怨，但丈夫却三心二意，变幻无常。亲眼目睹丈夫日渐表露本性，日渐疏远自己，女子方才渐渐醒悟，“于嗟女兮，无与士耽。士之耽兮，犹可说也。女之耽兮，不可说也”。第五章，女子诉说自己这些年在夫家的痛苦生活。和丈夫结婚那么多年，每天起早贪黑，承担里外一切家务，所吃的苦，所受的累，连自己也记不清了，然而，无情的丈夫在达到自己的目的之后对她日益凶残。女子赶往娘家，声泪俱下诉说自己内心的痛苦，但不知内情的兄弟们却只是对她恣意取笑，她有苦难言，只得黯然伤神。第六章，女子回想起当年和丈夫一起度过的美好岁月。那时他们都还年少，她还依稀记得丈夫对她许下誓言的样子，没想到如今却会变成这样。她也曾想过和丈夫相伴白头、恩爱到老，但如今既然丈夫已经变心，那自己也没必要再苦苦纠结，一切就这样结束吧！本诗叙述了女主人公痛苦的婚姻经历，塑造了一个坚强隐忍、敢爱敢恨的人物形象，同时展现了一出典型的时代婚姻爱情悲剧，其中弃妇对男女爱情的总结令人深思。

氓之蚩蚩[1]，抱布贸丝[2]。	农家小伙真敦厚，换丝来到乡里头。
匪来贸丝，来即我谋[3]。	原来不是换生丝，娶我为妻藏计谋。
送子涉淇[4]，至于顿丘[5]。	送过淇水另一头，一直陪你到顿丘。
匪我愆期[6]，子无良媒。	并非有意误时候，没有媒人是缘由。
将子无怒[7]，秋以为期[8]。	请你不要怒上头，约定婚期在秋后。
乘彼垝垣[9]，以望复关[10]。	登上那面坏墙上，来把复关殷勤望。
不见复关[11]，泣涕涟涟[12]。	不见情郎过城墙，眼泪直流心暗伤。
既见复关，载笑载言[13]。	看到情郎过城墙，又说又笑真欢畅。
尔卜尔筮[14]，体无咎言[15]。	快去卜卦问吉祥，没有凶兆喜洋洋。
以尔车来，以我贿迁[16]。	驾起马车飞快跑，搬运我那好嫁妆。
桑之未落，其叶沃若[17]。	桑树叶子未凋落，枝叶繁盛缀满头。
于嗟鸠兮[18]，无食桑葚[19]。	那些斑鸠可知否，桑葚不能吃太多。
于嗟女兮，无与士耽[20]。	年轻姑娘可知否，爱恋男子不可过。
士之耽兮，犹可说也[21]。	男子沉浸爱里头，尚有办法可解脱。

女之耽兮，不可说也。
桑之落矣，其黄而陨[22]。
自我徂尔[23]，三岁食贫[24]。
淇水汤汤[25]，渐车帷裳[26]。
女也不爽[27]，士贰其行[28]。
士也罔极[29]，二三其德[30]。
三岁为妇，靡室劳矣[31]。
夙兴夜寐[32]，靡有朝矣[33]。
言既遂矣[34]，至于暴矣[35]。
兄弟不知，咥其笑矣[36]。
静言思之[37]，躬自悼矣[38]。
及尔偕老[39]，老使我怨[40]。
淇则有岸，隰则有泮[41]。
总角之宴[42]，言笑晏晏[43]。
信誓旦旦[44]，不思其反[45]。
反是不思[46]，亦已焉哉[47]！

女子沉浸爱里头，岂能轻易就摆脱。
桑树叶儿纷纷落，叶儿凋谢色枯黄。
自我嫁到你家后，多年都把苦来尝。
淇水还似当年样，河水沾湿车帷裳。
我做妻子无错挑，男人行为却两样。
你的心思没准则，三心二意变无常。
多年为妻守妇道，家务繁重一肩扛。
早起晚睡勤操劳，没有一天不这样。
你的目的已达到，逐渐对我施家暴。
兄弟不知我情况，只是对我哈哈笑。
静下心来仔细想，独自伤悼把泪抛。
本想与你同到老，而今思及怨满腔。
淇水洋洋终有岸，沼泽再宽终有疆。
回想儿时多欢畅，有说有笑喜洋洋。
山盟海誓诚恳貌，而今行为变了样。
违反誓言不思量，既然如此莫再想。

注释

1 氓：指农民。蚩蚩：笑嘻嘻的样子。
2 布：古代货币。
3 谋：商量婚事。
4 淇：卫国水名，在今河南省。
5 顿丘：地名。
6 匪：通“非”，不是。愆（qiān）：耽误。
7 将（qiāng）：请。
8 秋以为期：将秋天定为婚期。
9 乘：登。垝垣（guǐ yuán）：毁坏的墙。
10 复关：男子居住的地方。
11 复关：这里指男子。
12 泣涕：眼泪。涟涟：泪流不止的样子。
13 载：又。
14 卜：用火灼龟甲，以灼开的裂纹推测出行事的吉凶。筮：用蓍草占卦。

15 体：卦象。咎言：不吉利的话。
16 贿：财物。
17 沃若：润泽的样子。
18 于：通"吁"，叹词。鸠：斑鸠。
19 桑葚（shèn）：桑树的果实。
20 耽：过分沉溺。
21 说：通"脱"，解脱。
22 陨：落。
23 徂：往。
24 三岁：意思是多年。"三"在这里是虚数，并非实指。
25 汤汤（shāng）：水势盛大的样子。
26 渐（jiān）：沾湿。帷裳：车旁的帷幔。
27 爽：差错。
28 贰：偏差。行：行为。
29 罔极：反复无常，没有准则。
30 二三其德：三心二意。
31 靡：无，没有。室劳：家务劳动。
32 夙兴夜寐：早起晚睡。
33 靡有朝矣：没有一天不是这样。
34 言：句首语气助词。既：已经。遂：指目的达到。
35 暴：粗暴。
36 咥（xì）：大笑的样子。
37 言：语气助词。
38 躬：自己。悼：哀伤。
39 及：和。偕老：夫妻相伴到老。
40 老：指上文携手到老之事。
41 隰（xí）：低湿的地方。泮：通"畔"。
42 总角：古代未成年男女把头发扎成髻，这里指童年时期。宴：欢乐。
43 晏晏：和悦的样子。
44 旦旦：诚恳的样子。
45 不思：想不到。反：违背。
46 是：指誓言。
47 亦已焉哉：也就算了吧。已，止。

河 广

导读

这是一首描写住在卫地的宋人思归不得的诗。身在卫国的宋人思家心切，恨不得立马回到自己的故乡，内心迫切的思念与极强的愿望将挡在他归家路上的一切障碍都自行消解。“谁谓河广？一苇杭之。”“谁谓河广？曾不容刀。”世人眼中宽广的黄河在他眼中是如此狭窄，一条苇筏即可渡航，一艘小船尚且难容。“谁谓宋远？跂予望之。”“谁谓宋远？曾不崇朝。”自己心心念念的宋国只要踮起脚尖就可以望见，只要一个早上即可抵达。因为与故土之间有着强烈的情感羁绊，虽然身处远方，但依然感到和故土只有一线之遥，然而，即使牵挂已久的家园和自己仅有一河之隔，张目可望，却还是不能回去，这才是他最大的悲哀呀！本诗句式奇特，想象大胆，情感强烈，气势汪洋，将思乡之情表达得波澜壮阔、惊天动地，我们虽然不知道这位思乡者不能回家的原因到底是什么，但被他那种急切的乡情所深深打动。

谁谓河广？一苇杭之[1]。
谁谓宋远？跂予望之[2]。
谁谓河广？曾不容刀[3]。
谁谓宋远？曾不崇朝[4]。

谁说黄河宽又广？一条苇筏可渡航。
谁说宋国在远方？踮起脚跟可张望。
谁说黄河宽又广？小船尚且难通航。
谁说宋国在远方？一个早上便还乡。

注释

1 苇：芦苇。这里指芦苇编成的筏子。杭：通“航”，渡河。
2 跂（qǐ）：踮起脚跟。予：而。
3 曾：竟。刀：小船。
4 崇朝：一个早上。崇，终。

伯 兮

导读

这是女子思念远征夫君的诗。第一章是思妇对远征丈夫的深情叙述，他威武雄壮，才能杰出，是侯王的先锋，是国家的英雄，女子想象着手执兵器的丈夫在战场上是何等英勇、何等威风，自豪之情溢于言表。第二章，女子自陈自从夫君东征之后，自己便再无心思打扮，每日蓬头垢面，懒于梳洗，女为悦己者容，心爱的丈夫不在身边，女子便再无动力去装扮自己，即使将自己打扮得光鲜亮丽也只会徒增伤悲，平添哀愁。第三章写女子思念丈夫以致头痛欲裂但还是不愿停止，因为只有在想着丈夫的点点滴滴之时，心才会感到片刻畅快。第四章，女子日思夜念，忧郁成疾，她幻想着如果世上真有传说中的忘忧草，那她一定设法求来，届时将满屋都种上，以解心中的忧愁。本诗情感曲折，思妇内心的矛盾情感乃本诗一大亮点，一方面她为远征的丈夫感到无比自豪，另一方面却希望丈夫早日归来，陪伴左右。因为思念，女子无心妆容头发散乱；因为思念，女子头痛不已但仍觉甘之如饴；因为思念，女子暗自神伤忧思成疾。诗意层层递进，哀婉动人。

伯兮朅兮[1]，邦之桀兮[2]！
伯也执殳[3]，为王前驱[4]。
自伯之东[5]，首如飞蓬[6]。
岂无膏沐[7]？谁适为容[8]。
其雨其雨[9]？杲杲出日[10]。
愿言思伯[11]，甘心首疾[12]。
焉得谖草[13]？言树之背[14]。
愿言思伯，使我心痗[15]。

我那大哥真威风，保家卫国是英雄。
手执木杖长又长，为我大王打前锋。
自从大哥去东征，头发散乱如飞蓬。
难道没有润发油？为谁妆饰我颜容。
心盼大雨从天降，却见日升自东方。
一心把那大哥想，即使头痛也欢畅。
哪儿可求忘忧草？房屋北面来种上。
一心只把大哥想，忧思成疾空自伤。

注释

1 伯：女子对丈夫的昵称。朅（qiè）：勇武。
2 邦：国家。桀：通“杰”，才能杰出的人。
3 殳（shū）：古代的一种武器，用竹做成，有棱无刃。
4 前驱：前锋。
5 之：往。
6 飞蓬：指枯后根断遇风飞旋的蓬草，比喻蓬乱的头发。
7 膏沐：润发的油脂。
8 适（dí）：主。
9 其：句首语气助词，在这里表示祈求的语气。
10 杲杲（gǎo）：明亮的样子。
11 愿言：思念的样子。
12 甘心：即心甘，情愿。首疾：头痛。
13 谖（xuān）草：即萱草，又称忘忧草。
14 言：乃。背：北面的厅堂，这里指屋子的北面。
15 痗（mèi）：忧伤成病。

有 狐

导读

这是家中妻子担心远行在外的丈夫无衣无裳的诗。狐狸在淇水岸边缓缓独行，它神情疏懒，皮毛光亮，女子由此联想到远行在外的丈夫，不知道他有没有衣裳可穿，不知道他也可曾好好休息。女子深情款款，细心体贴，她遥想丈夫远离故土奔波劳累，生活一定十分艰苦。从她关心丈夫的衣着可以看出她对丈夫不仅是浓浓的思念，还有深切的担忧。

有狐绥绥[1]，在彼淇梁[2]。
心之忧矣，之子无裳。
有狐绥绥，在彼淇厉[3]。
心之忧矣，之子无带[4]。
有狐绥绥，在彼淇侧[5]。
心之忧矣，之子无服。

狐狸慢行舒缓貌，走在淇水石桥上。
我心感到很忧伤，怕你身上无衣裳。
狐狸慢行舒缓貌，走在淇水浅滩上。
我心感到很忧伤，怕你衣带不像样。
狐狸慢行舒缓貌，走在淇水岸边上。
我心感到很忧伤，怕你衣服会缺少。

注释

1 绥绥：缓缓走路的样子。
2 淇梁：淇水上面的石桥。
3 厉：水边的浅滩。
4 带：衣带。
5 侧：岸边。

木 瓜

导读

这是一首男女赠物定情的诗。诗中男女两情相悦，爱意绵绵，他们相互赠答，互表情愫。女子送给男子木瓜，男子回赠女子琼琚；女子赠送男子木桃，男子回报女子琼瑶；女子赠予男子木李，男子回赠女子琼玖：二人情意缠绵，意味深长。这里的“报”并非简单的回报、报答，而是男女之间情感上的相互交流相互融合，女子赠予心爱的男子花草瓜果表达爱意，男子回赠心爱的女子猎物玉佩以表深情，乃当时的风俗，这对后世影响深远，比如男子赠玉定情的传统就和这种原始风俗渊源甚深。本诗语句通俗，情境美好，是《诗经》中广泛传颂的名篇，有着珍贵的文学价值和民俗价值。

投我以木瓜[1]**，报之以琼琚**[2]。	她以木瓜来相送，我用琼琚作回报。
匪报也，永以为好也。	并非仅仅作回报，表示永远和她好。
投我以木桃[3]**，报之以琼瑶。**	她以木桃来相送，我用琼瑶作回报。
匪报也，永以为好也。	并非仅仅作回报，表示永远和她好。
投我以木李[4]**，报之以琼玖。**	她以木李来相送，我用琼玖作回报。
匪报也，永以为好也。	并非仅仅作回报，表示永远和她好。

注释

1 投：赠予。木瓜：一种落叶灌木。果实长椭圆形，色黄而香，味酸涩，经蒸煮或蜜渍后供食用，可入药。

2 报：回报。琼琚（jū）：美玉，喻指还报的厚礼。下文的“琼瑶”“琼玖（jiǔ）”也是相同的意思。

3 木桃：果名，即楂子，小于木瓜，味酸涩。

4 木李：果名，又叫木梨。

王风

黍 离

导读

这是一首忧时思国的诗。关于本诗的主旨，《毛诗序》说："黍离，闵宗周也。周大夫行役，至于宗周，过故宗庙宫室，尽为禾黍。闵周室之颠覆，彷徨不忍去，而作是诗也。"宗周，也就是西周。西周经历了周幽王之乱而灭亡，自周平王迁都洛邑后，周王室日益衰微，已无力掌控诸侯，其地位与列国等同，其诗不能复《雅》，也就等同于《国风》，这就是"王风"的由来。诗中主人公正是经历了平王东迁，周室衰微，故而感慨万千，不胜忧思。诗人路过西周都城镐京，满目所见，尽是黍苗，昔日的宫殿城阙已经没有了，曾经的繁华都市也不见踪影，此时只有绿苗尽情生长，仿佛往日的繁华鼎盛都只是一场了无痕迹的美梦。"行迈靡靡，中心摇摇""行迈靡靡，中心如醉""行迈靡靡，中心如噎"，诗人一步一伤，感慨万千，眼前的凄凉之景化为沉郁的哀伤之情，呈铺天盖地之势席卷了他的整个身心，他跌跌撞撞，昏沉如醉，"知我者，谓我心忧；不知我者，谓我何求"，旷世的沧桑，旷古的悲凉，何人能解！芳草萋萋覆盖了曾经的盛世繁华，也遮掩了曾经的满目疮痍，面对眼前的这片青绿，诗人迷失了。"悠悠苍天，此何人哉"，他不知道自己此时是谁，也不知道自己该前往何方，他觉得自己就像是天地间孤独的行者，世事变迁，岁月沧桑，只容得下一声长叹，一首悲歌。本诗情景交融，感情悲切，有一种旷古的悲凉感，极易引起读者的共鸣。

彼黍离离[1]**，彼稷之苗**[2]。	看那黍子长势繁茂，稷子苗儿抽得高高。
行迈靡靡[3]**，中心摇摇**[4]。	远行脚步如此迟缓，心神不定忧思难消。
知我者，谓我心忧；	理解我的人，说我满腔忧伤；
不知我者，谓我何求。	不理解我的人，说我为何烦恼！
悠悠苍天，此何人哉！	苍天神灵高高在上，告知此人该往何方！
彼黍离离，彼稷之穗。	看那黍子长势繁茂，稷子穗儿抽得高高。
行迈靡靡，中心如醉。	远行脚步如此迟缓，昏沉如醉忧思难消。
知我者，谓我心忧；	理解我的人，说我满腔忧伤；
不知我者，谓我何求。	不理解我的人，说我为何烦恼！
悠悠苍天，此何人哉！	苍天神灵高高在上，告知此人该往何方！

彼黍离离，彼稷之实。	看那黍子长势繁茂，稷子穗儿抽得高高。
行迈靡靡，中心如噎[5]。	远行脚步如此迟缓，郁结于心忧思难消。
知我者，谓我心忧；	理解我的人，说我满腔忧伤；
不知我者，谓我何求。	不理解我的人，说我为何烦恼！
悠悠苍天，此何人哉！	苍天神灵高高在上，告知此人该往何方！

注释

1 黍：一年生草本植物，叶线形，子实淡黄色，去皮后称黄米，比小米稍大，煮熟后有黏性。离离：繁盛的样子。

2 稷：高粱。

3 行迈：行走，这里有远行的意思。靡靡：迟缓的样子。

4 中心：心中。摇摇：心神不定的样子。

5 噎（yē）：气息不顺而呼吸困难，这里是指心中郁结苦闷难受的意思。

君子于役

导读

这是家中妻子思念远役丈夫的诗。“鸡栖于埘，日之夕矣，羊牛下来。”太阳下山了，鸡群回到了栖息的墙洞，牛羊也从山坡上缓缓下来，回到了牧场的圈棚。“君子于役，如之何勿思？”在远方服役的丈夫啊，此情此景下怎能不把你想念！牛羊鸡群纷纷回巢，傍晚的乡村炊烟袅袅，一片安谧，这是农家一天中最美好的时刻，因为外出劳作的人们终于可以回家休息，一家人在此时得以团聚。在这个温情脉脉的傍晚时候，女子格外思念丈夫，他在外服役，离家已久，女子渴望他能早日归来，渴望一家团聚。丈夫长久没有音信，也不知归期，女子在迷茫中等待，在等待中迷茫，她担心丈夫是否挨饿受冻，是否疲倦劳累，两人相隔千里，她唯有默默祈祷丈夫身体安康、一切安好。本诗描绘了一幅古朴简约的黄昏村景图，清新自然，别有风味，能轻易感染每一个有心的读者。

君子于役[1]，不知其期，	丈夫服役去远方，不知期限时日长，
曷至哉[2]？鸡栖于埘[3]，	何时才能返归乡？鸡群回窝进洞墙，
日之夕矣，羊牛下来[4]。	天色渐晚日昏黄，牛羊下坡离牧场。
君子于役，如之何勿思[5]？	丈夫服役去远方，怎能不把他来想？
君子于役，不日不月[6]，	丈夫服役去远方，离家日月难计量，
曷其有佸[7]？鸡栖于桀[8]，	何时返归聚一堂？鸡群回窝栖木桩，

日之夕矣，羊牛下括[9]。
君子于役，苟无饥渴[10]！

天色渐晚日昏黄，牛羊下坡归圈忙。
丈夫服役去远方，无饥无渴安无恙！

注释

1 君子：指女子的丈夫。于：往。
2 曷至哉：什么时候回来。曷，何时。
3 埘（shí）：墙壁上挖洞做成的鸡窝。
4 下来：指牛羊下坡回圈。
5 如之：像这样。何勿思：怎能不思念。
6 不日不月：意思是长期在外，不知归期。
7 佸（huó）：相聚。
8 桀：同“橛”，指鸡栖息的木桩。
9 括：至。
10 苟：表希望的口气。

采葛

导读

这是一首热恋中的男子思念心爱女子的情诗。采摘艾蒿的少女是男子梦魂萦绕的心上人，男子的整颗心都被她占据了，时时刻刻想着的是她，时时刻刻念着的也是她，只要一闭上眼，脑海里全是女子的身影，浮现的全是女子的一颦一笑，即使分离短短一日，男子也无法忍耐，仿佛三月、三秋、三年之久。对女子的思念不停地折磨着男子，对他而言，不能与心爱之人呆在一起的日子是如此难熬，如此漫长。他无法镇定，也无法思考任何事情，他的心底深处只有一个呼声，就是快点见到心上人。分离的痛苦让男子几近疯狂，他恨不得与心爱之人朝夕厮守，一刻也不分开。本诗语言清新质朴，感情真挚浓烈，诗意层层递进，道出了千百年来无数热恋中人的真实心声，极具感染力，故而传诵不衰。

彼采葛兮[1]，一日不见，
如三月兮！
彼采萧兮[2]，一日不见，
如三秋兮！
彼采艾兮[3]，一日不见，
如三岁兮！

那位采葛好姑娘，一日未见心里想，
好像三月那么长！
那位采蒿好姑娘，一日未见心里想，
好像三秋那么长！
那位采艾好姑娘，一日未见心里想，
好像三年那么长！

注释

1 葛：多年生草本植物，茎可编篮做绳，纤维可织布。块根肥大，称葛根，可制淀粉，亦可入药。

2 萧：即艾蒿。古人用来祭祀。

3 艾：多年生草本植物，嫩叶可食，老叶制成绒供针灸用。

郑风

将仲子

导读

这是一首女子出于礼教原因而拒绝与男子私会的诗。从诗的叙述来看，这对青年男女应该正处于热恋之中，男子不忍与心爱的女子分离，情急之下失去理智做出了有违礼法之事，女子被男子疯狂的行为吓到了，她惊呼“将仲子兮，无逾我里，无折我树杞”。女子一方面阻止男子翻墙私会，另一方面她心里也非常希望见到情郎，这种痛苦折磨着她，她不知如何是好，她只得急切地向男子解释，她其实是深爱着他的，但是她更清楚地知道爹娘得知此事后一定会斥责自己，想想都害怕极了。然而，热恋中的男子已然丧失了理智，他不顾女子的劝阻一次次想方设法接近她，与她见面，每次女子见到日夜思念的情郎出现在眼前，心里又惊又喜，然而，她心底的恐慌与惧怕却与日俱增，她担心男子一次次偷翻自家的院墙迟早会让众兄长察觉，迟早会惊动周围邻里。礼教的法网、舆论的压力是女子柔弱的身躯所无法承担的，在爱情与理智的矛盾冲突下，女子备受煎熬。本诗反映了当时社会男女婚姻恋爱的不自由以及礼教的森严可怕。

将仲子兮[1]，无逾我里[2]，	二哥请你要体谅，不要翻越我门房，
无折我树杞[3]，岂敢爱之[4]？	别把杞树也折伤，哪是爱惜不忍伤？
畏我父母。仲可怀也，	而是惧怕爹和娘。二哥让我日夜想，
父母之言，亦可畏也。	父母的话不可忘，想想心里惧又慌。
将仲子兮，无逾我墙，	二哥请你要体谅，不要翻越我围墙，
无折我树桑，岂敢爱之？	别把桑树也折伤，哪是爱惜不忍伤？
畏我诸兄。仲可怀也，	而是惧怕众兄长。二哥让我日夜想，
诸兄之言，亦可畏也。	兄长的话不可忘，想想心里惧又慌。
将仲子兮，无逾我园，	二哥请你要体谅，不要翻越我院墙，
无折我树檀[5]，岂敢爱之？	别把檀树也折伤，哪是爱惜不忍伤？
畏人之多言。仲可怀也，	惧怕邻里嘴舌长。二哥让我日夜想，
人之多言，亦可畏也。	邻里闲语在耳旁，想想心里惧又慌。

注释

1 将（qiāng）：请。仲子：男子在兄弟间排行老二。

2 逾：越。里：居住的地方。

3 杞：树名，俗称刀柳。

4 爱：吝惜。

5 檀：落叶乔木，木质坚硬，有香气，可制器物及香料，又可入药。

大叔于田

导读

这是一首赞美青年猎手技艺精湛、英勇无双的诗。诗的第一章开门见山，直接描写“大叔”打猎的经过。他驾着马车，早早起程，驾车的动作如此娴熟，手中的马缰绳被他舞得像飘飞的丝带，两边的马齐头奔跑，像舞蹈般整齐。他驱马来到野草茂密之处，那儿是野兽躲藏的好地方。“大叔”经验丰富，待四周隐藏的士兵点燃手中的火把，他便冲入草丛与那只被困的猛虎赤膊搏斗，他徒手将猛虎打死，扛起献给公侯。这英勇的一幕在围观的士兵看来惊险刺激，但对深爱猎人的人来说却让人担忧，“将叔无狃，戒其伤女”，女子在心底呼唤，三哥呀，千万小心，不要让猛虎伤着你了。第二章进一步描写“大叔”打猎的情景，突出表现其射御的本领。第三章写打猎完毕的后续工作，突出“大叔”从容不迫、闲适自在的气度。本诗手法夸张，层层铺垫，生动描写了“大叔”骑马射箭、空手打虎的情景，使人身临其境，同时塑造了一个年轻有为、本领高超的贵族猎人形象，令人印象深刻。

大叔于田，乘乘马[1]。	三哥打猎起程早，驾着四马向前跑。
执辔如组[2]**，两骖如舞**[3]。	手持马缰如丝绦，两骖整齐像舞蹈。
叔在薮[4]**，火烈具举**[5]。	深入沼泽野草茂，烈火齐点熊熊烧。
袒裼暴虎[6]**，献于公所。**	赤膊斗虎英勇貌，猎物献给诸侯王。
将叔无狃[7]**，戒其伤女**[8]。	三哥以后别这样，小心猛虎把人伤。
叔于田，乘乘黄[9]。	三哥打猎驱前方，四马前行毛色黄。
两服上襄[10]**，两骖雁行。**	两匹服马头高昂，两匹骖马如雁翔。
叔在薮，火烈具扬。	三哥来到沼泽旁，熊熊烈火齐高扬。
叔善射忌[11]**，又良御忌**[12]。	三哥射艺这样好，驾车技术也高超。
抑磬控忌[13]**，抑纵送忌**[14]。	时而勒马止前跑，时而纵马任飞跑。

叔于田，乘乘鸨[15]。　　三哥打猎真雄壮，四马色杂驱前方。
两服齐首[16]**，两骖如手**[17]。　　服马齐头向前跑，骖马如手在两旁。
叔在薮，火烈具阜[18]。　　三哥冲往沼泽地，烈火高举火苗旺。
叔马慢忌，叔发罕忌[19]。　　胯下马儿缓缓跑，三哥射艺世无双。
抑释掤忌[20]**，抑鬯弓忌**[21]。　　打开盖筒箭放好，拉好弓袋整行装。

注释

1 乘乘（chéng shèng）马：驾着四匹马拉的车。乘（shèng），四马一车叫作乘。
2 组：丝带。
3 两骖：四马拉车，两侧的马匹叫两骖。
4 薮（sǒu）：多草的湖泽。
5 火烈：打猎时放火烧草以断绝野兽的逃路。举：起。
6 袒裼（xī）：赤膊。暴虎：空手和老虎搏斗。
7 将（qiāng）：请，愿。狃（niǔ）：重复。
8 戒：警惕。女：通“汝”，指叔。
9 黄：黄马。
10 两服：一车四马中的中间两匹。襄：高，此指马头高昂。
11 忌：语气助词。
12 御：驾车。
13 抑：句首语气助词。磬控：勒马。
14 纵送：纵马奔驰。
15 鸨（bǎo）：杂色的马。
16 齐首：齐头并进。
17 两骖如手：意思是两匹骖马像双手一样。
18 阜（fù）：旺盛。
19 发：发箭。罕：少。
20 释：打开。掤（bīng）：箭筒盖子。
21 鬯（chàng）：通“韔”，弓箭袋子，这里用作动词。

女曰鸡鸣

导读

这首诗展示了一对年轻夫妇情意相投、生活和美。诗的第一章描写了一对夫妻天亮起床的一段对话，亲切自然，很有生活气息。黎明鸡晓，女子提醒男子说：“鸡叫了，该起床了。”男子说：“天还没亮，不到起床时间。”女子接着说：“不信你看看窗外，启明星璀璨闪亮。”男子终于被女子劝服，说：“装好弓箭我出门晃，野鸭大雁逃不掉。”第二章是女子想象的情景。她想着丈夫射到了大雁，自己就将其做成下酒佳肴，二人琴瑟和鸣，那是何等幸福！第三章写男子赠玉表情。他深知妻子的情意，知道妻子是深爱自己的，为了回报妻子的体贴与真情，男子将玉佩赠予妻子以表心意。诗全篇皆为对话体，让人颇有身临其境之感，极富生活情趣，表现了夫妻二人之间平淡而浓烈的感情，赞美了琴瑟和鸣、美好和睦的夫妻生活。

女曰：“鸡鸣。”士曰：“昧旦[1]。”“子兴视夜[2]，明星有烂[3]。”“将翱将翔[4]，弋凫与雁[5]。”

“弋言加之[6]，与子宜之[7]。宜言饮酒，与子偕老。琴瑟在御[8]，莫不静好[9]。”

“知子之来之[10]，杂佩以赠之[11]。知子之顺之[12]，杂佩以问之[13]。知子之好之[14]，杂佩以报之。”

女说：“公鸡已鸣叫。”男说：“天色还未亮。”“起床来把夜空望，明星灿烂闪亮光。”“装好弓箭出门晃，野鸭大雁无处藏。”

“野鸭大雁射中了，我会为你烹饪好。佳肴下酒饮欢畅，与你一起同到老。琴瑟相和共鸣唱，生活和谐又美好。”

“知道你是体贴我，我以杂佩来相赠。知道你是恋着我，我以杂佩表慰问。知道你是深爱我，我以杂佩表心诚。”

注释

1 昧旦：天还没有亮。

2 兴：起。视夜：观察夜色。

3 明星：即启明星。有烂：灿烂，明亮。

4 将翱将翔：本义是指天亮之后，宿鸟开始飞翔。这里指男子出去游猎。

5 弋（yì）：用带绳子的箭射鸟。凫：野鸭。

6 言：语气助词。加：射中。

7 宜：烹煮菜肴。
8 御：用，奏。
9 静好：美好。
10 来：殷勤。
11 杂佩：连缀在一起的各种佩玉的总称。
12 顺：柔顺。
13 问：赠送。
14 好：爱。

褰 裳

导读

这是一首女子责备情人的诗。诗中女子心有所属，但深爱的男子却长时间不来见她，女子因爱生怨。在女子看来，如果男子爱她思念她，就一定会前来相见，这不过是渡过一条河的事。女子越想越不对劲儿，她猜疑男子可能变心了所以才会对她不闻不问，女子越想越觉得是这么回事，于是在心里大声宣示：你这个疯癫狂妄的大傻帽，别以为你不喜欢我就没人喜欢我了。爱之深，责之切，女子越是怒骂男子，越是表明她情根深种。

子惠思我[1]**，褰裳涉溱**[2]。
子不我思，岂无他人？
狂童之狂也且[3]**！**
子惠思我，褰裳涉洧[4]。
子不我思，岂无他士。
狂童之狂也且！

你若爱我思念我，提起下衣渡溱河。
你若心下不念我，岂无他人情意合？
你这疯癫大傻讷！
你若爱我思念我，提起下衣渡洧河。
你若心下不念我，何愁无人情意合？
你这疯癫大傻讷！

注释

1 惠：爱。
2 褰（qiān）：提起。裳（cháng）：下衣。溱（zhēn）：郑国水名，在今河南新密。
3 狂童之狂：犹言男子的疯癫痴傻。也且（jū）：语气助词。
4 洧（wěi）：郑国水名，在今河南新密。

子 衿

导读

这是一首抒发女子相思之情的诗。“青青子衿，悠悠我心”“青青子佩，悠悠我思”，男子青色的衣领、青色的佩带不停地在女子脑海里面回想，念其衣就是想其人，女子对这位男子的爱刻骨铭心，她天天盼望着能够和他再次见面，但日子一天天过去了，还是不见男子身影。“纵我不往，子宁不嗣音?”纵然我没有来见你，你就这样了无音信吗?“纵我不往，子宁不来?”就算我没来见你，你就不来见我吗?女子因爱生怨。表面上女子是在责怪男子不联系她，不来见她，实际上她心里更大的担忧是怕男子对自己爱得不深所以才会如此不主动。女子因思念而苦闷不堪，因猜测而焦虑难安，不得已她登上了高高的城楼，张望男子来见自己的必经之路，苦苦守候，望眼欲穿，可依然不见那人的身影。她在城楼上独自徘徊，自言自语：“一日不见，如三月兮。”本诗言辞朴素轻盈，情意婉转绵长，余音袅袅，意味无穷，尤其是那句“青青子衿，悠悠我心”，对后世影响深远。

青青子衿[1]，悠悠我心。	你的衣领青青色，我的心儿记挂着。
纵我不往，子宁不嗣音[2]？	纵然没来见你人，你就没个音信么?
青青子佩[3]，悠悠我思。	你的佩带青青色，我的心儿思念着。
纵我不往，子宁不来?	纵然没来见你人，你就不来会我么?
挑兮达兮[4]，在城阙兮[5]。	来回走动勤张望，独自等候城楼上。
一日不见，如三月兮。	一天没有见你面，如隔三月那么长。

注释

1 衿：衣领。

2 嗣音：传寄音信。

3 佩：系佩玉的带子。

4 挑、达：来回走动的样子。

5 城阙：城门两旁的观楼。

出其东门

导读

这首诗抒发了男子对意中人忠贞不渝的感情。男子走出东城门，外面美女如云，多如茅花，然而，面对众多美女，男子仍然一心想着心中的爱人，她素衣彩巾，令自己难以忘怀。男子以夸张的手法极言美女之多，一方面表明自己忠贞不渝的爱情，另一方面也以众女子如花般的美貌来突出爱人的超凡脱俗。本诗色彩鲜明，情感浓烈，令人耳目一新。

出其东门，有女如云。	出那东城门，美女多如云。
虽则如云，匪我思存[1]。	虽然多如云，非我心上人。
缟衣綦巾[2]，**聊乐我员**[3]。	白衣绿头巾，让我乐在心。
出其闉阇[4]，**有女如荼**[5]。	出了城门外，美女多如花。
虽则如荼，匪我思且[6]。	虽然多如花，非我心所怀。
缟衣茹藘[7]，**聊可与娱。**	白衣红佩巾，快乐心相爱。

注释

1 匪：非。思存：思念之所在。

2 缟衣：白衣。綦（qí）巾：绿头巾。

3 聊：姑且。员：同“云”，语气助词。

4 闉阇（yīn dū）：城外曲城的重门，这里指城门。

5 荼（tú）：茅草的白花。

6 且（jū）：语气助词。

7 茹藘（lǘ）：茜草，可做绛红色染料。这里指茹藘所染的绛红色佩巾。

野有蔓草

导读

这首诗写的是野外邂逅的青年男女互生情愫、暗自结好。郊外的原野青草绵延，草叶上的露珠晶莹透亮，在如此美妙的时刻，青年男女在此偶然相遇，女子身姿婉转，美目多情，男子一见倾心。陌生男女不期而遇，互生情愫，自由结合，浓情蜜意，唯美地展现了先民婚恋的自由与美好。本诗环境如画，情意如歌，给人以美的享受，尤其是“有美一人，清扬婉兮”，形象迷离而神情毕现，给人无限遐想，故而千古传诵，魅力无穷。

野有蔓草[1]，零露漙兮[2]。 郊外野草蔓延长，缀满露珠晶莹亮。
有美一人，清扬婉兮[3]。 有位美丽好姑娘，眉清目秀真漂亮。
邂逅相遇[4]，适我愿兮[5]。 今日相遇是碰巧，恰合我意心爱上。
野有蔓草，零露瀼瀼[6]。 郊外野草蔓延长，露水浓多晶莹亮。
有美一人，婉如清扬[7]。 有位美丽好姑娘，眉目清秀容颜靓。
邂逅相遇，与子皆臧[8]。 今日相遇是碰巧，与你携手永相伴。

注释

1 蔓：蔓延。
2 零：降落。漙（tuán）：露多。
3 清扬：眉目清秀。婉：美好。
4 邂逅：不期而遇。
5 适：适合。
6 瀼瀼（ráng）：露水盛多。
7 如：而。
8 臧：善，好。

溱 洧

导读

这是一首描写郑国三月三上巳节青年男女手拿香草在水边游玩并互表心意的诗。上巳节，指农历三月的第一个巳日，俗称三月三，也是祓禊的日子。祓禊是指在水边沐浴，用兰草洗涤身上污垢，以求祛病消灾，即春浴日。先秦时代，通过沐浴洗涤以求消灾去病的风俗就已相当盛行。在周朝，“祓除衅浴”已成为一种国家规定的礼仪制度。除了祓除衅浴、水边祭祀等活动之外，郊外春游、互赠香草也是上巳节的重要环节。是日，青年男女们都会手握兰草去野外踏青，他们在水边嬉戏，自由择偶，并以芍药定情，《溱洧》正是反映了上巳节青年男女们结伴游玩，相互戏谑，互结情好之事。本诗描写了节日当天，春意盎然，溱洧河畔游人众多，少男少女相互谈笑的欢乐场景。诗人将镜头对准了一对互生情愫的青年男女，他们时而呢喃浅笑，时而你追我赶，最后互赠芍药，以结相好。本诗风格舒朗明快，语言清新灵动，展示了青年男女之间纯洁而动人的爱情。

溱与洧[1]，方涣涣兮[2]。 溱河洧河水流淌，春来河面碧波荡。
士与女，方秉蕑兮[3]。 姑娘小伙聚此方，手拿兰草心欢畅。

女曰："观乎？"	姑娘轻问："去看一看？"
士曰："既且[4]。"	小伙回答："已去一趟。"
"且往观乎[5]！"洧之外，	"陪我再去玩一趟！"洧河之侧另一旁，
洵訏且乐[6]。维士与女，	确实热闹又宽敞。姑娘小伙同玩赏，
伊其相谑[7]，赠之以勺药[8]。	行路缓缓互调笑，赠以芍药定情长。
溱与洧，浏其清矣[9]。	溱河洧河水流淌，河水清澈碧波漾。
士与女，殷其盈矣[10]。	姑娘小伙聚此方，游人众多声喧嚷。
女曰："观乎？"	姑娘轻问："去看一看？"
士曰："既且。"	小伙回答："已去一趟。"
"且往观乎！"洧之外，	"陪我再去玩一趟！"洧河之侧另一旁，
洵訏且乐。维士与女，	确实热闹又宽敞。姑娘小伙同玩赏，
伊其将谑[11]，赠之以勺药。	行路缓缓互调笑，赠以芍药定情长。

1 溱（zhēn）：郑国水名，在今河南新密。洧（wěi）：郑国水名，在今河南新密。

2 方：正。涣涣：水流盛大的样子。

3 蕳（jiān）：兰草。

4 既：已经。且（cú）：往。

5 且：再。

6 洵：确实。訏（xū）：大。

7 伊：句首语气助词。相谑：相互调笑。

8 勺药：即芍药。

9 浏：水清澈的样子。

10 殷：多。盈：满。

11 将谑：相谑。

齐风

鸡 鸣

导读

这是一首妻子催丈夫早起上朝的诗。诗以对话的形式描写了黎明拂晓，妻子听到窗外的鸡鸣声，就催促丈夫早起上朝，而丈夫则用各种理由推脱，不愿起床。妻子晓之以情、动之以理，劝丈夫不要因为贪恋床笫而招众人非议。本诗虽通篇采用对话体的形式，展现一对夫妻生活的小片段，但构思精巧，语言亲切，人物形象鲜明，贤惠的妻子和慵懒的丈夫深入人心，很有生活气息。

“鸡既鸣矣，朝既盈矣[1]。”
“匪鸡则鸣[2]，苍蝇之声。”
“东方明矣，朝既昌矣[3]。”
“匪东方则明，月出之光。”
“虫飞薨薨[4]，甘与子同梦[5]。”
“会且归矣[6]，无庶予子憎[7]！”

“窗外公鸡喔喔鸣，大臣都已去朝廷。”
“不是公鸡在啼鸣，那是苍蝇嗡嗡声。”
“东方已经蒙蒙亮，上朝大臣聚满堂。”
“不是东方天色亮，那是天边明月光。”
“蚊虫齐飞嗡嗡响，乐意与你同入梦。”
“朝会大臣将散场，愿你不要遭人憎。”

注释

1 朝：朝廷。盈：满，指上朝的官员都到了。
2 则：之，的。
3 昌：盛多。
4 薨薨（hōng）：蚊虫群飞的声音。
5 甘：乐意。
6 会：朝会。且：将要。
7 庶：希望。无庶，即“庶无”，希望不。予：给。子：你。憎：憎恶。

猗嗟

导读

这是一首赞美青年射手的诗。诗的第一章写射手的外貌。他个头高大，身材健壮，器宇轩昂，神采飞扬，从他那矫健的身姿可以看出，他的射技一定很高超，诗人的欣赏之情溢于言表。第二章写射手的技艺。他双眼有神，目视前方，精神抖擞，瞄准靶心，每箭一出，定无虚发，言语中尽是浓浓的赞美之情。第三章写射手的动作。他行动潇洒，动作飘逸，身姿流转，力道强劲，实在是抵御外敌的好榜样。本诗层层深入，刻画了一个英姿飒爽、技艺高超、抵御外邦的射手形象。

猗嗟昌兮[1]！颀而长兮[2]。
抑若扬兮[3]，美目扬兮。
巧趋跄兮[4]，射则臧兮[5]。
猗嗟名兮[6]！美目清兮。
仪既成兮[7]，终日射侯[8]。
不出正兮[9]，展我甥兮[10]。
猗嗟娈兮[11]！清扬婉兮[12]。
舞则选兮[13]，射则贯兮[14]。
四矢反兮[15]，以御乱兮[16]。

这位青年多强壮！个头长得高又壮。
额角丰满气轩昂，眼神炯炯神飞扬。
步履矫健身姿好，弯弓射箭最擅长。
这位青年真俊朗！眉目清纯有亮光。
射箭姿势已摆好，一天下来无倦样。
箭箭射在靶中央，外甥本领实在强。
这位青年真美好！眉清目秀双眼亮。
动作潇洒舞姿妙，箭箭穿靶力道强。
连射靶心技艺高，抵御外敌好榜样。

注释

1 猗（yī）嗟：叹词，表示赞叹。昌：壮盛的样子。
2 颀（qí）：身材高大。
3 抑：通“懿”，美。扬：额角开阔。
4 趋跄：步伐矫健。
5 臧：好。
6 名：形容眉宇开展。
7 仪：射仪，射手在射箭之前的准备姿势。
8 侯：箭靶。
9 正：箭靶的中心。
10 展：确实。甥：外甥。

11 娈：美好。

12 清扬：眉目清秀。

13 选：形容舞蹈动作整齐潇洒。

14 贯：射穿。

15 反：反复，指连续射中靶心。

16 御：抵御。

魏风

园有桃

导读

这是一首士人感叹怀才不遇、知己难寻的悲歌。诗人心忧国家，不满现状，但无人理解，反遭指责，认为他傲慢狂放，散漫无常。诗人内心激愤不平，忧思难解，园中桃树、枣树的果实尚可供人食用，反观自己怀才不遇、处境艰难。诗人心迹无处可表，忧闷无法解脱，唯有作诗，聊以自慰。

园有桃，其实之殽[1]。	园中桃树真繁茂，果实可供饱饥肠。
心之忧矣，我歌且谣[2]。	我的心儿真忧伤，欲解烦闷把歌唱。
不我知者，谓我士也骄。	有人对我不明了，说我这人太狂妄。
彼人是哉[3]！子曰何其[4]？	那人对错难考量，你说我呀该怎样？
心之忧矣，其谁知之？	我的心儿真忧伤，又有何人能体谅？
其谁知之，盖亦勿思[5]！	又有何人能体谅，我又何必思断肠。
园有棘[6]，其实之食。	园中枣树真繁茂，果实可供充饥肠。
心之忧矣，聊以行国[7]。	我的心儿真忧伤，欲解烦闷国中逛。
不我知者，谓我士也罔极[8]。	有人对我不明了，说我这人太无常。
彼人是哉！子曰何其？	那人对错难考量，你说我呀该怎样？
心之忧矣，其谁知之？	我的心儿真忧伤，又有何人能体谅？
其谁知之，盖亦勿思！	又有何人能体谅，我又何必思断肠。

1 之：是。殽：同“肴”，吃。

2 歌、谣：合乐曰歌，徒歌曰谣，这里泛指歌唱。

3 是：对。

4 何其：怎么办。

5 盖：通“盍”，何不。

6 棘：酸枣树。

7 聊：姑且。行国：游走国中。

8 罔极：没有准则，反复无常。

伐 檀

导读

这是一首歌颂劳动的诗。伐木工人们一边劳动，一边歌唱，流转的曲调反映了他们劳动的激情。本诗最独特的地方在于，用排比式的反问讽刺贵族不劳而获。

坎坎伐檀兮[1]，置之河之干兮[2]，
河水清且涟猗[3]。不稼不穑[4]，
胡取禾三百廛兮[5]？不狩不猎[6]，
胡瞻尔庭有县貆兮[7]？彼君子兮，
不素餐兮[8]？
坎坎伐辐兮[9]，置之河之侧兮[10]，
河水清且直猗[11]。不稼不穑，
胡取禾三百亿兮[12]？不狩不猎，
胡瞻尔庭有县特兮[13]？彼君子兮，
不素食兮？
坎坎伐轮兮[14]，置之河之漘兮[15]，
河水清且沦猗[16]。不稼不穑，
胡取禾三百囷兮[17]？不狩不猎，
胡瞻尔庭有县鹑兮[18]？彼君子兮，
不素飧兮？

砍伐檀树响叮当，棵棵放到河岸上，
河水清澈微波荡。不见播种收割忙，
为何谷物成捆藏？不见打猎在野郊，
为何豪猪悬院梁？高贵君子操守好，
不吃白食品行良。
修造车辐响叮当，造好放到河岸上，
河水清澈微波漾。不见播种收割忙，
为何家有亿万粮？不见打猎在野郊，
为何大兽悬院梁？高贵君子操守好，
不吃白食品行良。
修造车轮响叮当，造好放到河岸上，
河水清澈细波荡。不见播种收割忙，
为何谷满三百仓？不见打猎在野郊，
为何鹌鹑悬院梁？高贵君子操守好，
不吃白食品行良。

注释

1 坎坎：象声词，砍树的声音。
2 置：放。干：河岸。
3 涟：水面的波纹。猗（yī）：语气助词，相当于“兮”。
4 稼：播种。穑（sè）：收割。
5 胡：何，为什么。禾：谷类植物的统称。三百：即言其多，并非实数。廛（chán）：通

“缠”，束，捆。

6 狩、猎：泛指打猎。冬猎叫狩，夜猎叫猎。

7 瞻：向上或向前看。县：同“悬”。貆（huán）：豪猪。

8 素餐：无功受禄，不劳而食。

9 辐：车轮上的辐条。

10 侧：旁边。

11 直：直波。

12 亿：古代十万曰亿。

13 特：三岁的兽，或曰四岁的兽，这里指大兽。

14 轮：车轮。

15 漘（chún）：水边。

16 沦：水上的波纹。

17 囷（qūn）：古代一种圆形谷仓。

18 鹑（chún）：鹌鹑。

硕 鼠

导读

这是一首祈鼠辞。古代科学水平低，人们往往以祈求或诅咒的方式来希望解除农事灾害。诗人辛勤劳动，但屡遭老鼠祸害，无奈之下，只得祈求老鼠不要偷吃自己的粮食，并且发誓如果老鼠还是不肯顾念自己，就要离开这里寻找好去处，无奈之情转为愤慨之情。诗中用大老鼠比喻剥削者的可憎可鄙，真实而形象地反映了当时的社会面貌。

硕鼠硕鼠[1]，无食我黍[2]！	大老鼠啊大老鼠，不要吃我种的黍！
三岁贯女[3]，莫我肯顾[4]。	多年辛苦侍奉你，你却对我不照顾。
逝将去女[5]，适彼乐土。	如今发誓要远去，前往那片安乐土。
乐土乐土，爰得我所[6]！	安乐土啊安乐土，那才是我安身处！
硕鼠硕鼠，无食我麦！	大老鼠啊大老鼠，不要吃我种的麦！
三岁贯女，莫我肯德[7]。	多年辛苦侍奉你，你却对我不优待。
逝将去女，适彼乐国。	如今发誓要离开，去那乐国心畅快。
乐国乐国，爰得我直[8]！	安乐国啊安乐国，那才是个好所在！

硕鼠硕鼠，无食我苗！	大老鼠啊大老鼠，不要吃我种的苗！
三岁贯女，莫我肯劳[9]。	多年辛苦侍奉你，你却对我不慰劳。
逝将去女，适彼乐郊。	如今发誓要远逃，去那乐郊心欢畅。
乐郊乐郊，谁之永号[10]！	安乐郊啊安乐郊，那里还有谁哀号！

注释

1 硕鼠：大老鼠。

2 黍：一年生草本植物，叶线形。子实淡黄色，去皮后称黄米，比小米稍大，煮熟后有黏性。

3 三岁：多年，并非实指。贯：服事，侍奉。女：通“汝”。

4 莫我肯顾：不肯关照我的意思。

5 逝：通“誓”，发誓。

6 爰：于是，就。所：安身之处。

7 德：优待。

8 直：当作“职”，处所。

9 劳：慰劳。

10 永：长。号：呼喊。

唐风

椒聊

导读

这是一首以椒起兴恭贺妇女多子多孙的诗。在当时，西北的妇女以身材高大、体态肥厚为美，因为此种体形的妇女意味着在劳动和生育方面会更有优势，所以诗中反复赞美妇女身材高大，体态健壮。古代以多子多孙为福，而花椒多子，这就是本诗以椒起兴的用意所在。

椒聊之实[1]，蕃衍盈升[2]。
彼其之子，硕大无朋[3]。
椒聊且[4]，远条且[5]。
椒聊之实，蕃衍盈匊[6]。
彼其之子，硕大且笃[7]。
椒聊且，远条且。

花椒结籽挂满梢，果实累累用升量。
那位妇人身形棒，身材高大世无双。
花椒好呀花椒好，芬芳香气飘远方。
花椒结籽挂满梢，果实累累捧捧量。
那位妇人身形棒，身材高大又肥壮。
花椒好呀花椒好，芬芳香气飘远方。

注释

1 椒：即花椒。果实球形，暗红色，种子黑色，可供药用或调味。聊：语气助词。
2 蕃衍：繁盛众多。盈：满。升：量器名。
3 硕：大。无朋：无比。
4 且：语气助词。
5 远条：指花椒的香气远飘。条，长。
6 匊：“掬”的本字，用两手捧。
7 笃：厚，肥厚。

绸缪

导读

这是一首祝贺新婚的诗。古代黄昏娶妻，以薪火照明，"束薪"遂成为一种婚俗礼仪，常用来比喻男女成婚。这首诗的语言风趣挑逗，有调侃戏谑新郎新娘之意，诗境热闹愉快，所以可能是闹新房时所唱的歌。

绸缪束薪[1]，三星在天[2]。	紧捆柴木烧得旺，三星闪烁在东方。
今夕何夕？见此良人[3]。	今晚是啥好日子？得见如此俏新郎。
子兮子兮，如此良人何？	要问你呀要问你，怎样对待俏新郎？
绸缪束刍[4]，三星在隅[5]。	紧捆柴草烧得旺，三星闪烁东南方。
今夕何夕？见此邂逅[6]。	今晚是啥好日子？如此良辰巧碰上。
子兮子兮，如此邂逅何？	要问你呀要问你，良辰怎样欢度好？
绸缪束楚[7]，三星在户[8]。	紧捆荆条烧得旺，三星闪烁在门上。
今夕何夕？见此粲者[9]。	今晚是啥好日子？得见如此俏新娘。
子兮子兮，如此粲者何？	要问你呀要问你，怎样对待俏新娘？

注释

1 绸缪：紧密缠绕的样子。束薪：捆扎起来的柴木。

2 三星：参星。天空中明亮而接近的三星，有参宿三星、心宿三星、河鼓三星。据近人研究，本诗首章的"三星"指参宿三星，第二章的"三星"指心宿三星，末章的"三星"指河鼓三星。

3 良人：古时夫妻互称为良人，后多用于妻子称丈夫。此处指新郎。

4 刍（chú）：喂牲畜的草。

5 隅：角落。

6 邂逅：会合。这里指夫妻结合的良辰。

7 楚：荆条。

8 户：门。

9 粲者：美女，指新娘。

秦风

驷 驖

导读

这是一首描写秦君带领众人冬猎的诗。这首诗语言有力，节奏紧凑，描绘了一幅场面壮观、生气虎虎的逐猎图，把秦人的尚武精神与气度风貌表现得淋漓尽致，从中也可以看出当时秦国的势力逐渐强大了起来。本诗张弛有度，末章描写的猎后情景与前两章所渲染的紧张气氛对比鲜明而紧密结合，极富表现力。

驷驖孔阜[1]**，六辔在手**[2]。	四匹黑马真肥壮，马缰六条手上扬。
公之媚子[3]**，从公于狩**[4]。	秦君宠儿伴身旁，跟随公爷到猎场。
奉时辰牡[5]**，辰牡孔硕**[6]。	猎官轰出应时兽，肥壮公兽乱奔走。
公曰："左之[7]**！"舍拔则获**[8]。	秦君指挥箭向左，发弓之后猎物收。
游于北园[9]**，四马既闲**[10]。	猎后休息在北园，四马脚步转悠闲。
輶车鸾镳[11]**，载猃歇骄**[12]。	铃声悠扬车轻快，猎犬休息车中间。

注释

1 驷：四匹马。驖（tiě）：赤黑色的马。孔：很。阜：肥壮，强盛。

2 辔：马缰绳。六辔，古代一辆车有四匹马，每匹马两条缰绳，四匹马中在两边的马的内侧的缰绳系在车厢前面用来当扶手的横木上，驾驭马车的人手里只执其他六条缰绳。

3 公：指秦君。媚子：指秦君宠爱的人。

4 从：跟随。狩：冬猎。

5 奉：供奉。这里指猎官驱出群兽，以供秦君猎射。时：是，这个。辰：应时。牡：雄性的鸟兽。

6 硕：肥壮。

7 左之：这里指向左边射箭。

8 舍：发出。拔：箭的尾部。获：获取猎物。

9 北园：供秦君狩猎后休息的苑囿。

10 闲：悠闲。

11 辎（yóu）车：古代一种轻便的车。鸾：通"銮"，古代君王车驾上的铃铛。镳（biāo）：马嚼子两端露出嘴外的部分。

12 猃（xiǎn）：长嘴狗，猎犬的一种。歇骄：即猲獢，一种短嘴的猎犬。

蒹葭

导读

这是一首写苦苦追求意中人而不得的诗。诗人在深秋的芦苇丛中追寻意中人的身影，但那人近在眼前又远在天边，可望不可即，越是如此，诗人内心越是焦虑、渴慕。诗篇将那种镜花水月与苦闷惆怅之情描写得酣畅淋漓，道尽了男女情感之微妙。本诗意境空灵，情感粗豪，描写精妙绝伦，耐人寻味，千百年来吟诵不绝，深受人们的喜爱，不愧是《诗经》中的名篇。

蒹葭苍苍[1]，白露为霜。	岸边芦苇苍茫茫，深秋白露凝成霜。
所谓伊人[2]，在水一方。	意中人儿在何处？就在河水那一方。
溯洄从之[3]，道阻且长[4]。	逆着水流去找她，道路艰难又漫长。
溯游从之[5]，宛在水中央。	顺着水流去找她，仿佛在那水中央。
蒹葭萋萋[6]，白露未晞[7]。	岸边芦苇真繁茂，叶上露珠闪晶光。
所谓伊人，在水之湄[8]。	意中人儿在何处？就在河水那一旁。
溯洄从之，道阻且跻[9]。	逆着水流去找她，道路艰险难攀升。
溯游从之，宛在水中坻[10]。	顺着水流去找她，仿佛在那沙洲上。
蒹葭采采[11]，白露未已[12]。	岸边芦苇密又茂，白露未干映朝阳。
所谓伊人，在水之涘[13]。	意中人儿在何处？就在河水那一方。
溯洄从之，道阻且右[14]。	逆着水流去找她，道路艰难又曲长。
溯游从之，宛在水中沚[15]。	顺着水流去找她，仿佛在那江洲上。

注释

1 蒹葭（jiān jiā）：芦苇，多年生草本植物，多生于水边、沼泽之地。蒹是没有长穗的芦苇，葭是初生的芦苇。苍苍：茂盛、众多的样子。

2 伊人：那人，即意中人。

3 溯洄：逆着河流往上走。洄，上水，逆流。从：接近。

4 阻：艰难。
5 溯游：顺着河流往下走。游，顺流，直流。
6 萋萋：茂盛的样子。
7 晞（xī）：晒干。
8 湄（méi）：河岸，水草交接的地方。
9 跻（jī）：登，上升。
10 坻（chí）：水中的小块高地。
11 采采：茂盛的样子。
12 已：止。
13 涘（sì）：水边。
14 右：道路曲折的意思。
15 沚（zhǐ）：水中的小块陆地。

无 衣

导读

这是一首秦军战歌，体现了秦人的刚毅品质与尚武精神。本诗豪情满怀、意气奋发，意在鼓舞士兵协同作战、奋勇杀敌。全诗三章，重叠复沓，一气呵成，洋溢着一股勇往直前的战斗激情，读罢，不禁被诗句中同仇敌忾、慷慨激昂的气氛所感染。

岂曰无衣？与子同袍[1]。
王于兴师[2]**，修我戈矛**[3]，
与子同仇[4]。
岂曰无衣？与子同泽[5]。
王于兴师，修我矛戟[6]，
与子偕作[7]。
岂曰无衣？与子同裳[8]。
王于兴师，修我甲兵[9]，
与子偕行。

何必要说没衣裳？你我共穿一件袍。
如若秦王要起兵，休整戈矛上战场，
你我杀敌在一道。
何必要说没衣裳？你我共穿一件衣。
如若秦王要起兵，休整矛戟上战场，
共同对敌在一道。
何必要说没衣裳？你我共穿一条裙。
如若秦王要起兵，铠甲兵器休整好，
你我一道去从军。

注释

1 袍：古代男子穿的长袍，相当于今天的斗篷。

2 王：秦王。兴师：起兵。

3 修：休整。戈矛：古代的两种长柄兵器。

4 同仇：共同对敌。

5 泽：通“袢”，贴身的衣服。

6 戟：同“戟”，古代一种合戈、矛为一体的长柄兵器。

7 偕作：共同干。

8 裳（cháng）：下衣，这里指战裙。

9 甲兵：铠甲和兵器。

陈风

月 出

导读

这是一首睹月思人的诗。月光皎洁，普照万物，同时也照进了诗人柔软的内心，让他在月色中想起了心爱的女子，诱发了绵绵的情思。朦胧夜色中诗人仿佛看到了恋人娇美的容颜、窈窕的身姿，但这一切又终究不过是诗人幻觉所致。诗人在美好的遐想中时而清醒时而迷离，惆怅之情、忧思之情在月色中泛滥。

月出皎兮[1]，佼人僚兮[2]。
舒窈纠兮[3]，劳心悄兮[4]。
月出皓兮[5]，佼人懰兮[6]。
舒懮受兮[7]，劳心慅兮[8]。
月出照兮[9]，佼人燎兮[10]。
舒夭绍兮[11]，劳心惨兮[12]。

明月东升亮皎皎，心中美人容颜俏。
体态婀娜又苗条，牵我情思心烦躁。
明月东升光普照，心中美人容颜姣。
体态优美又苗条，牵我情思心烦恼。
明月东升亮光照，心中美人容颜好。
体态轻盈又苗条，牵我情思心焦躁。

注释

1 皎：洁白的样子。
2 佼：美好。僚：通“嫽”，美。
3 舒：舒缓娴静。窈纠：形容步履舒缓，体态优美。
4 劳心：忧心。悄：忧愁的样子。
5 皓：明亮的样子。
6 懰（liǔ）：美好。
7 懮（yǒu）受：形容步态优美。
8 慅（cǎo）：忧思的样子。
9 照：光明的样子。
10 燎：亮丽。
11 夭绍：轻盈多姿的样子。
12 惨：惆怅不安的样子。

泽 陂

导读

这是一首女子临水思人的情诗。池塘岸边，蒲草荷花争相开放，清香沁人，行至于此的少女看到此情此景心中感触颇深，自己不就是像这盛开的香蒲与荷花吗？可是，花儿的美丽自有行人欣赏，而自己牵挂的人却不在身旁。这蓬勃生长的花草散发着旺盛的生命气息，女子在一片遐想中又忆起了情郎强壮的身姿以及芳草般的品德，女子越想越是对情郎心生喜爱，越是喜爱这思念亦越是深切，浓浓的思念中，女子日夜难眠，涕泪长流，成为一位孤独的忧愁患者。此诗情感深切，读之能深刻体会到女主人公强烈而真挚的爱。

彼泽之陂[1]，有蒲与荷[2]。	在那池塘堤岸旁，蒲草荷花溢馨香。
有美一人，伤如之何[3]！	有位青年真俊朗，日夜思念牵肚肠！
寤寐无为[4]，涕泗滂沱[5]。	辗转难眠睡不好，眼泪直流我心伤。
彼泽之陂，有蒲与蕑[6]。	在那池塘堤岸旁，蒲草莲子溢馨香。
有美一人，硕大且卷[7]。	有位青年真俊朗，身材高大品性良！
寤寐无为，中心悁悁[8]。	辗转难眠睡不好，抑郁烦闷心忧伤。
彼泽之陂，有蒲菡萏[9]。	在那池塘堤岸旁，蒲草菡萏溢馨香。
有美一人，硕大且俨[10]。	有位青年真俊朗，身形高大又端庄！
寤寐无为，辗转伏枕。	辗转难眠睡不好，翻来覆去昼夜长。

注释

1 泽：池塘。陂（bēi）：岸边，岸堤。

2 蒲：多年生草本植物，生池沼中，高近两米。根茎长在泥里，可食。叶长而尖，可编席、制扇，夏天开黄色花。亦称“香蒲”。荷：即莲花。

3 伤：因思念而忧伤。如之何：拿他怎么办。

4 寤寐无为：躺下起身都不成，指因思念而寝食难安。

5 涕泗：眼泪鼻涕。滂沱：本义是雨下得很大的样子，这里指流眼泪鼻涕像下大雨一样，形容哭得很伤心。

6 蕑（jiān）：莲子。

7 卷：通“婘”，美好。

8 悁悁（yuān）：忧愁烦闷的样子。

9 菡萏（hàn dàn）：古人称未开的荷花为菡萏，即荷花苞。

10 俨：端庄威严。

桧风

隰有苌楚

导读

这是一首有感于生活的沉重、抒发内心烦恼的诗。湿地的羊桃长势茂盛，该开花时开花，该结果时结果，没有烦恼也没有忧愁，但反观自己，有来自家庭来自社会的种种压力，对此诗人深感心不由己。人非草木，孰能无情，然而，正是因为人有情有知觉才会为责任所累，为世事所累，无知无觉的草木无牵无挂倒显得比人类更逍遥自在，不会思考也就不会受累。人生在世有太多苦闷，活一天便有一天的烦恼，此种无奈唯有面对草木诉说。诗人虽未直言到底有何痛苦，但却传达了挣扎中人们的普遍心声，直到今天，我们都能感同身受。

隰有苌楚[1]，猗傩其枝[2]。
夭之沃沃[3]，乐子之无知[4]。
隰有苌楚，猗傩其华[5]。
夭之沃沃，乐子之无家[6]。
隰有苌楚，猗傩其实[7]。
夭之沃沃，乐子之无室[8]。

湿地成片长羊桃，枝条婀娜又妖娆。
叶儿柔嫩又丰茂，羡你无知没烦恼。
湿地成片长羊桃，花儿茂盛长得俏。
叶儿柔嫩又丰茂，羡你无家没烦恼。
湿地成片长羊桃，硕果累累挂枝条。
叶儿柔嫩又丰茂，羡你无家少烦恼。

注释

1 隰（xí）：低湿的地方。苌（cháng）楚：即羊桃，蔓生植物，开紫红色花，果实如小桃，可食用。今人或以为猕猴桃。

2 猗傩：同“婀娜”，柔美多姿的样子。

3 夭：茂盛美丽的样子。沃沃：丰茂而有光泽的样子。

4 乐：这里有羡慕的意思。子：指苌楚，羊桃。无知：没有知觉。

5 华：花。

6 无家：没有家室，这里有不用为家室所累的意思。

7 实：果实。

8 无室：同“无家”。

匪 风

导读

这是一首妻子为远征丈夫送行的诗。出发之日，寒风凛冽，军队在大风中急速前进，看着渐渐远去的战车，妻子唯有久久伫立，目送远行的丈夫，即使早已望不到他的身影，妻子还是不愿离去。风越刮越冷，军队越走越远，妻子眼神越来越迷茫，心也越来越痛，此去不知凶吉，不知何时才能相见，只愿日后常有西方归来的征人能带来丈夫安好的消息。妻子的难舍、悲痛与期望无不体现着她对丈夫的一片深情。

匪风发兮[1]，匪车偈兮[2]。	大风吹得呼呼响，车马疾驰尘土扬。
顾瞻周道[3]，中心怛兮[4]。	把那大道遥相望，心中凄苦又悲伤。
匪风飘兮[5]，匪车嘌兮[6]。	大风呼呼天气凉，车马疾驰向前跑。
顾瞻周道，中心吊兮[7]。	把那大道遥相望，心中凄苦谁知道。
谁能亨鱼[8]？溉之釜鬵[9]。	谁会红烧新鲜鱼？锅子我已洗干净。
谁将西归[10]？怀之好音[11]。	谁将西归回家乡？托他带个平安信。

注释

1 匪：通“彼”，那。发：即发发，风吹的声音。

2 偈（jié）：马车疾驰的样子。

3 顾瞻：远望。周道：大道。

4 中心：心中。怛（dá）：忧伤，悲苦。

5 飘：风吹的样子。

6 嘌（piāo）：急速轻快的样子。

7 吊：悲伤。

8 亨：“烹”的本字。烹鱼，有传信的意思。

9 溉：洗。釜（fǔ）：锅子。鬵（xín）：大锅。

10 西归：从西边归来。

11 怀：遗，送。好音：好消息。

曹风

蜉 蝣

导读

这是一首感叹人生短暂不知身归何处的诗。蜉蝣朝生暮死，渺小脆弱，却生得一对光彩夺目的翅膀。可即便羽翼如何光鲜，也终不过是昙花一现，归于尘土，而人又何尝不是这样呢？诗人从朝生夕死的蜉蝣联想到了人生的短暂以及生命的脆弱。红尘滚滚百十年，终是要面临消亡，人世间诸般繁华，终不过是过眼云烟，世人皆无法抗拒生命的逝去，无论是衰老还是死亡，皆为生命的自然规律。敏感的诗人不禁对昙花一现的生命感到伤痛，对浮生若梦的年华感到怅惘，对魂归何处更是感到恐惧。诗中隐透着诗人对生命的无比眷念，对美好年华的依依不舍。全诗充满着感伤的情调，传达的应为没落贵族的消极情绪。

蜉蝣之羽[1]**，衣裳楚楚**[2]。
心之忧矣，于我归处[3]。
蜉蝣之翼，采采衣服[4]。
心之忧矣，于我归息。
蜉蝣掘阅[5]**，麻衣如雪**[6]。
心之忧矣，于我归说[7]。

蜉蝣翅膀真漂亮，整洁鲜亮如衣裳。
我的心里很忧伤，不知将要归何方。
蜉蝣羽翼真漂亮，色彩鲜亮如衣裳。
我的心里很忧伤，不知安息在何方。
蜉蝣出洞来逍遥，羽翼洁白如衣裳。
我的心里很忧伤，不知归结在何方。

注释

1 蜉蝣：虫名，亦作蜉蝤、浮游，又叫渠略。幼虫生活在水中，成虫褐绿色，翅膀轻薄半透明，生存期极短，一般是朝生暮死。
2 楚楚：整洁鲜明的样子。
3 于我：即于何。“我”“何”古音相近，所以通用。
4 采采：色彩鲜明的样子。
5 掘阅：意思是蜉蝣初生时从洞穴里钻出来。掘，穿。阅，通“穴”。
6 麻衣：指蜉蝣半透明的翅膀。
7 说：通“税”，停息。

候 人

导读

这是一首讽刺居高位者身着华服而德行低劣的诗。曹共公远君子而近小人，执政之时，任命三百个新大夫，其中无德者居多，这些新贵趾高气昂，深受国君恩宠，但他们大多是才德平庸之辈，根本配不上他们的官爵以及显服。诗人对此无比憎恶，忍不住加以讽刺，认为这些人得宠的时间不会太长，而对于那些候人的小官，诗人则是同情的。他们忙里忙外，累活重活一把扛，但即便这样，他们年幼的小女儿还是忍饥挨饿、成长艰难。等级社会的不公正待遇在此凸显。

彼候人兮[1]**，何戈与祋**[2]。	候人官小负担重，肩上扛着戈和棍。
彼其之子[3]**，三百赤芾**[4]。	三百新贵气焰盛，身穿朝服醉醺醺。
维鹈在梁[5]**，不濡其翼**[6]。	一群鹈鹕在鱼梁，觅食未曾湿翅膀。
彼其之子，不称其服[7]。	那些新贵气焰高，哪配身上大夫装。
维鹈在梁，不濡其咮[8]。	一群鹈鹕在鱼梁，大嘴未湿太反常。
彼其之子，不遂其媾[9]。	那些新贵气焰高，得宠时间不会长。
荟兮蔚兮[10]**，南山朝隮**[11]。	云气弥漫七彩光，南山早上云雾绕。
婉兮娈兮[12]**，季女斯饥**[13]。	妙龄少女容颜好，忍饥挨饿真难熬。

注释

1 候人：古代掌管禁令、治安、边境出入、整治道路，或迎送宾客的小官。

2 何：通“荷”，肩负。戈、祋（duì）：都是兵器。祋，古代的一种兵器，即殳（shū），用竹木做成，有棱无刃。

3 彼：他。其：语气助词。之子：那些人，即穿赤芾的人，也就是曹共公执政之时所任命的三百个新大夫。

4 赤芾（fú）：红色皮制的蔽膝，大夫以上的官服。

5 鹈（tí）：水鸟名，即鹈鹕，体型较大，嘴长，喜群居，以捕食鱼类为生。梁：鱼坝。

6 濡：沾湿。

7 称：相称，匹配。

8 咮（zhòu）：鸟嘴。

9 遂：长久。媾（gòu）：宠爱。

10 荟：云气盛多的样子。蔚：云气多彩的样子。

11 南山：曹地南边的山。朝：早晨。隮（jī）：升。

12 婉：年轻。娈：美好。

13 季女：小女儿。饥：饿。

豳风

七 月

导读

这是一首围绕节令叙述西周农民一年农事活动的诗，乃“风诗”中最长的一篇，它勾勒了一幅自然古朴的上古社会生活图景，反映了当时农民生活的各个方面，散发着浓郁的古风气息。诗中记录了农民一年的忙碌生活，从春耕、秋收、冬藏到采桑、绩织、狩猎再到修房、建宫、宴飨，春秋四季，毫无闲暇。农民所忙无非在“衣”在“食”，为此他们一年到头无一日停歇，但即便如此，他们还是吃不好穿不暖。反观“田畯”“公子”，他们乐悠悠地看着农民忙碌的情景，“理所应当”地享受着农民劳动的成果。外出劳作的年轻姑娘们还得时刻担心“公子”对她们进行人身侵犯，可见当时的农民不仅是为公家进行无偿劳动，连作为人最基本的尊严都没有。“田畯”“公子”只是贵族统治者的一个缩影，农民身上的“大山”何止这些。然而，身处上古社会的农民自然不会深入思考这些，他们毫无怨言井然有序地进行一年的农事活动。岁末将至，他们齐聚一堂，举杯对饮，祭祀祈福，也有一番属于自己的乐趣。抛开历史背景与阶级剖析，单从诗的艺术风格上来说，全篇语气平和，情绪轻快，采桑田猎、男耕女织的实况描述中充满了浓浓的古风情韵，倒像是在描写农家生活之乐，呈现出“乐而不淫，哀而不伤”的温柔敦厚之诗风。全篇洋洋洒洒，气象非凡，展现出极高的艺术成就，正如牛运震曰：“此诗以编纪月令为章法，以蚕衣农食为节目，以预备储蓄为筋骨，以上下交相忠爱为血脉，以男女室家之情为渲染，以谷蔬虫鸟之属为点缀，平平常常，痴痴钝钝，自然充悦和厚，典则古雅……此诗兼各种性情，一派古风，满篇春气。斯为诗圣大作手。”

七月流火[1]，九月授衣[2]。	七月火星向西降，九月妇女缝衣裳。
一之日觱发[3]，二之日栗烈[4]。	十一月风吹呼呼响，十二月风吹天气凉。
无衣无褐[5]，何以卒岁[6]？	粗布衣服没一套，漫长寒冬怎么熬？
三之日于耜[7]，四之日举趾[8]。	一月犁具修整好，二月下田耕地忙。
同我妇子[9]，馌彼南亩[10]，	妇女孩子携同好，晌午送饭切莫忘，
田畯至喜[11]。	田边农官喜洋洋。
七月流火，九月授衣。	七月火星向西降，九月妇女缝衣裳。
春日载阳[12]，有鸣仓庚[13]。	三春日里暖洋洋，黄莺枝头欢歌唱。
女执懿筐[14]，遵彼微行[15]，	姑娘手上挎竹筐，沿着小路徐前往，
爰求柔桑[16]。春日迟迟[17]，	采摘嫩桑把蚕养。三春日里暖阳照，

采蘩祁祁[18]**。女心伤悲，**	白蒿肥嫩采摘忙。姑娘暗自把心伤，
殆及公子同归[19]**？**	怕那公子把人抢。
七月流火，八月萑苇[20]**。**	七月火星向西降，八月芦苇采割忙。
蚕月条桑[21]**，取彼斧斨**[22]**，**	三月桑树休整好，圆斧方斧齐上场，
以伐远扬[23]**，猗彼女桑**[24]**。**	高枝长枝都砍掉，轻拉柔条采嫩桑。
七月鸣鵙[25]**，八月载绩**[26]**。**	七月伯劳声声唱，八月将那麻布纺。
载玄载黄[27]**，我朱孔阳**[28]**，**	染成黑色染成黄，大红料子最闪耀，
为公子裳。	为那公子制衣裳。

注释

1 七月：农历七月。流：向下行。火：星宿名，又叫“大火”。大火六月居正南方，七月开始偏西下行。七月流火，是说在农历七月天气转凉，黄昏时候，可以看见大火星从西方落下去。

2 授衣：制备冬衣。

3 一之日：一月之日。一月指夏历十一月，周历正月，亦即农历十一月。觱（bì）发：风寒冷的样子。

4 栗烈：凛冽，寒冷的样子。

5 褐：粗布衣服。

6 卒岁：终岁。

7 于：为，修理。耜（sì）：原始翻土农具“耒耜”的下端，最早是木制的，后用金属制，相当于今天的犁。

8 举趾：下田，开始耕地。

9 同：携同。妇子：妇女和孩子。

10 馌（yè）：给在田间耕作的人送饭。南亩：泛指农田。南坡向阳，有利于农作物生长，古人田土多向南开辟，所以称为“南亩”。

11 田畯：奴隶主贵族派来监督农业奴隶劳动的农官。

12 春日：农历三月。载：开始。阳：天气和暖。

13 仓庚：黄莺。

14 懿筐：深筐。

15 遵：沿着。微行：小路。

16 爰：于是。柔桑：柔嫩的桑叶。

17 迟迟：阳光温暖、光线充足的样子。

18 蘩：白蒿。祁祁：形容采蘩妇女众多的样子。

19 殆：害怕。公子：豳公的儿子。

20 萑（huán）苇：荻草和芦苇。

21 蚕月：养蚕的月份，即农历三月。条桑：修剪桑树的枝条。

22 斨（qiāng）：方孔的斧子。

23 远扬：过高过长的桑树枝条。将桑树的大枝砍掉后，能长出更多的新枝，新枝叶子鲜嫩，更好养蚕。

24 猗：通“掎”，牵引，拉住。女桑：柔嫩的桑树枝条。猗彼女桑，即拉住柔嫩的枝条采摘桑叶。

25 鵙（jú）：伯劳鸟。

26 绩：纺织。

27 载：是。玄：黑色。

28 朱：红色。孔：甚。阳：色彩鲜明的样子。

四月秀葽[1]**，五月鸣蜩**[2]**。**	四月远志结穗囊，五月蝉儿声声嚷。
八月其获[3]**，十月陨萚**[4]**。**	八月谷物收割忙，十月落叶纷纷降。
一之日于貉[5]**，取彼狐狸，**	十一月狗獾遍地跑，猎取狐狸把皮剥，
为公子裘。二之日其同[6]**，**	为那公子做衣裳。十二月大伙聚一堂，
载缵武功[7]**，言私其豵**[8]**，**	继续打猎漫山跑，小兽留给自己享，
献豜于公[9]**。**	大兽献到公府上。
五月斯螽动股[10]**，**	五月螽斯叫嚷嚷，
六月莎鸡振羽[11]**。**	六月络纬展翅膀。
七月在野[12]**，八月在宇**[13]**，**	七月田野鸣欢唱，八月屋檐底下藏，
九月在户[14]**，**	九月纷纷跳进房，
十月蟋蟀入我床下。	十月蟋蟀床下叫。
穹窒熏鼠[15]**，塞向墐户**[16]**。**	把那老鼠都熏跑，把那窗户都封好。
嗟我妇子，曰为改岁[17]**，**	老婆孩子齐唤上，马上就要过年了，
入此室处[18]**。**	一起住进这间房。

注释

1 秀：吐穗。葽（yāo）：远志，多年生草本植物，茎细，叶子线形，花绿白色，果实圆形。根可入药。

2 蜩（tiáo）：蝉。

3 其获：开始收获各类农作物。
4 陨：落。萚（tuò）：落叶。
5 于：猎取。貉（hé）：外形像狐，穴居河谷、山边和田野间，今通称狗獾。
6 同：聚合。
7 缵：继续。武功：指田猎之事。
8 私：个人占有。豵（zōng）：小猪，亦泛指小兽。
9 豜（jiān）：三岁的猪，亦泛指大兽。公：公家。
10 斯螽（zhōng）：即螽斯，褐色昆虫，身长寸许，善跳跃，吃农作物。雄虫的前翅有发声器，颤动翅膀能发声。动股：古人误认为螽斯以摩擦大腿发声。
11 莎鸡：虫名，又名络纬，俗称纺织娘、络丝娘。
12 野：田野。
13 宇：屋檐下。
14 户：屋内。
15 穹：空隙，缝隙。窒：堵塞。
16 塞向：堵塞北窗。墐（jìn）户：用泥涂塞门窗孔隙，以御寒风。
17 曰：句首语气助词。改岁：换岁，即过年。
18 处：居。古时乡中之民春天开始到田野的草庐中居住，以便生产，冬天则回到屋内。

六月食郁及薁[1]**，七月亨葵及菽**[2]**。**	郁李葡萄六月尝，七月葵豆烹调好。
八月剥枣[3]**，十月获稻。**	八月枣儿扑打忙，十月谷物进粮仓。
为此春酒[4]**，以介眉寿**[5]**。**	春酒用那新米酿，祈求老爷寿命高。
七月食瓜，八月断壶[6]**，**	七月把那葫芦尝，八月摘下有用场，
九月叔苴[7]**。采荼薪樗**[8]**，**	九月拾麻收藏好。苦菜臭椿拾掇忙，
食我农夫[9]**。**	众多农夫靠它养。
九月筑场圃[10]**，十月纳禾稼**[11]**。**	九月建好打谷场，十月谷物进粮仓。
黍稷重穋[12]**，禾麻菽麦**[13]**。**	黄米高粱成熟了，粟米麦麻都藏好。
嗟我农夫，我稼既同[14]**，**	种田人呀事儿忙，庄稼都已入了仓，
上入执宫功[15]**。昼尔于茅**[16]**，**	宫室尚未修妥当。白天野外割茅草，
宵尔索绹[17]**。亟其乘屋**[18]**，**	夜里搓绳没完了。修葺房屋要赶早，
其始播百谷[19]**。**	开春耕种事更忙。
二之日凿冰冲冲[20]**，**	腊月凿冰咚咚响，
三之日纳于凌阴[21]**。**	正月放进冰窖藏。

四之日其蚤[22]**，献羔祭韭**[23]**。**
九月肃霜[24]**，十月涤场**[25]**。**
朋酒斯飨[26]**，曰杀羔羊。**
跻彼公堂[27]**，称彼兕觥**[28]**，**
万寿无疆！

二月祭祀赶大早，献上韭菜和羊羔。
九月霜降天微凉，十月清扫打谷场。
两壶美酒齐聚享，宰杀羔羊也献上。
大伙欢聚在公堂，牛角酒杯手上扬，
高声齐祝寿无疆！

1 郁：郁李，一种落叶小灌木。果似李而形小，味酸，肉少核大，仁可入药。薁（yù）：野葡萄。
2 亨："烹"的本字。葵：菜名。菽：豆子的总称。
3 剥枣：扑枣，打枣。剥（pū），通"扑"。
4 春酒：冬酿春熟之酒。
5 介：祈求。眉寿：长寿。
6 断壶：摘葫芦。
7 叔：拾取。苴（jū）：麻子。
8 荼：苦菜。薪：薪柴。樗（chū）：臭椿树。
9 食：养活。
10 场：打谷场。圃：菜圃。
11 纳禾稼：将谷物收纳入仓。
12 黍：黄米。稷：高粱。重（tóng）：通"穜"，早种晚熟的谷物。穋（lù）：晚种早熟的谷物。
13 禾：粟。
14 同：收集。
15 上：通"尚"，还得。宫功：修建宫室。
16 于茅：取茅。
17 宵：晚上。索：搓。绹：绳。
18 亟：急，赶快。乘屋：覆盖屋顶。
19 其始：将要开始。
20 冲冲：凿冰的声音。
21 凌阴：藏冰的地窖。
22 蚤：通"早"，早朝，古代的一种祭祀仪式。
23 韭：韭菜。
24 肃霜：霜降之后，万物收缩。
25 涤场：将打谷场清洗干净。

26 朋酒：两壶酒。斯：代酒。飨：用酒食招待客人。

27 跻：登。公堂：乡民集会场所。

28 称：举起。兕（sì）觥（gōng）：古代酒器，腹椭圆形或方形，圈足或四足，盖一般为带角兽头形。

鸱 鸮

导读

这是一首借母鸟辛苦筑巢来抒写自我困苦处境的诗。母鸟的巢穴遭猫头鹰洗劫，雏鸟被掠走，窝儿也不成样，母鸟悲痛交加，回想自己养育孩子是多么辛苦，它一面伤心，一面还得把鸟巢重新修好，这样才能抵御外敌，拥有一个安全的港湾。母鸟没日没夜叼树皮，衔干草，修门窗，哪怕脚爪僵麻，喙角磨泡，羽毛焦黄，尾巴干枯，它的窝还是没有修好，高高危悬在树枝上，任凭风吹雨打，又摇又晃。母鸟心惊胆战，它怕鸟巢再次倾覆，更担心恶鸟重返，惊恐之中发出声嘶力竭的尖叫，声声啼血。诗中描绘的情景触目惊心，令人战栗，诗人正是借母鸟的不幸遭遇抒写自身同样凄惨的处境。诗人可能是遭遇灾祸，妻离子散，家庭破碎，但他还是努力重建家园，面对外界的欺凌，他希望自己能够有一个安全的栖息之所，可是天不由人，枉他再辛勤努力还是没能完成自己的心愿。诗中所喻并非诗人个体遭遇，更是当时人们的普遍处境，抒发了人不能把握自己命运的悲慨，同时又隐隐透露出一股生命的顽强与生存的勇气。

鸱鸮鸱鸮[1]**！既取我子**[2]**，**	猫头鹰呀太可恶！抓我孩儿真残酷，
无毁我室[3]**。恩斯勤斯**[4]**，**	不要再毁我巢居。抚养孩儿真辛苦，
鬻子之闵斯[5]**！**	日夜操劳是病故！
迨天之未阴雨[6]**，彻彼桑土**[7]**，**	趁那雨季还未到，把那桑树根皮剥，
绸缪牖户[8]**。今女下民**[9]**，**	窗户房门都缠好。如今树下的人呀，
或敢侮予[10]**。**	还有谁敢来滋扰。
予手拮据[11]**，予所捋荼**[12]**，**	双手疲劳已发麻，还要采取茅草花，
予所蓄租[13]**。予口卒瘏**[14]**，**	积蓄干草垫窝巢。我的嘴巴磨起泡，
曰予未有室家[15]**。**	可惜窝儿未建好。
予羽谯谯[16]**，予尾翛翛**[17]**，**	我的翅膀焦又黄，我的尾巴成枯槁，
予室翘翘[18]**，风雨所漂摇**[19]**。**	我的巢儿悬树上，风吹雨打摇晃晃。
予维音哓哓[20]**。**	我的叫声恐而慌。

注释

1 鸱鸮（chī xiāo）：即猫头鹰，古人认为这是一种恶鸟。

2 子：雏鸟。

3 室：鸟巢。

4 恩：爱。斯：语气助词。恩斯，即含辛茹苦的意思。

5 鬻：通“育”，养育。子：幼鸟。闵：病困。

6 迨（dài）：趁着。

7 彻：通“撤”，剥取。土（dù）：根。

8 绸缪：紧密缠绕，捆扎。牖（yǒu）：窗户。户：门。

9 女：通“汝”。下民：下面的人。

10 或：有。侮：欺辱。

11 拮据：原指鸟衔草筑巢，这里形容鸟爪因劳累而发僵的样子。

12 所：还要。捋（luō）：摘取。荼：茅草的白花。

13 蓄：积蓄。租：当作“苴（jū）”，茅草。

14 卒（cuì）：当作“悴”，疲劳的样子。瘏（tú）：疲劳致病。

15 曰：句首语气助词。予未有室家：意思是鸟巢还没建好。

16 谯谯（qiáo）：羽毛枯黄疏落的样子。

17 翛翛（xiāo）：羽毛凋敝残破的样子。

18 翘翘：高而危险的样子。

19 漂摇：即飘摇。

20 哓哓（xiāo）：鸟雀因恐惧而发出的鸣叫声。

东　山

导读

这首诗抒写了远征士卒还乡途中悲喜交集的心情。诗中征人在外多年，如今终于有机会脱下战袍，换上那身准备已久的家常便服，多年的思乡之情瞬间爆发，诗人喜极而泣。然而，一番激动之后，诗人不禁燃起悲情，他一方面马不停蹄地往家赶，一方面又情怯不前，不停地在心里幻想家中是何光景，亲人过得怎样。归家途中，细雨蒙蒙，天昏地暗，诗人心忧故乡萧条凋敝，想那家中因无人打理恐也变得杂草丛生、荒凉不堪。越想诗人的心情越是沉重，但当思及家中亲人的时候，诗人又转悲为喜，终于可以和家中盼夫三年的妻子团圆，当然可乐。想当年妻子刚出嫁的时候是一番多么热闹喜庆的情景呀，如今久别重逢不知又是一番怎样的欢乐场面。诗中描绘的故园景象与家人团聚的情景皆为诗人所想，诗人由喜至悲，由悲至喜，生动表现了征人久别归乡的复杂心情。全诗虚实相生，情感深沉，意境浑融，具有很强的感染力。

我徂东山 [1]**，慆慆不归** [2]**。**	自我远征到东山，久滞不归岁月长。
我来自东，零雨其蒙 [3]**。**	今天我从东山回，细雨蒙蒙雾迷茫。
我东曰归 [4]**，我心西悲** [5]**。**	刚刚踏上归家路，向西而悲心感伤。
制彼裳衣 [6]**，勿士行枚** [7]**。**	家常衣服缝一套，不用含枚上战场。
蜎蜎者蠋 [8]**，烝在桑野** [9]**。**	山蚕蠕动身子缓，栖息野外桑树上。
敦彼独宿 [10]**，亦在车下。**	独睡蜷缩成一团，兵车底下把身躺。
我徂东山，慆慆不归。	自我远征到东山，久滞不归岁月长。
我来自东，零雨其蒙。	今天我从东山回，细雨蒙蒙雾迷茫。
果裸之实 [11]**，亦施于宇** [12]**。**	栝楼结果一串串，藤蔓爬到屋檐上。
伊威在室 [13]**，蠨蛸在户** [14]**。**	屋内土虱满地爬，门前挂有蜘蛛网。
町畽鹿场 [15]**，熠耀宵行** [16]**。**	田舍空地有鹿迹，夜晚萤火闪亮光。
不可畏也，伊可怀也 [17]**。**	家园凋敝不可怕，越是如此越念想。

注释

1 徂：往，到。东山：指诗中主人公远征之地，在今山东曲阜，亦称蒙山。

2 慆慆（tāo）：长久。

3 零雨：慢而细的小雨。

4 曰：语气助词。

5 西悲：向西而悲。

6 裳衣：家常衣服。

7 士：通“事”。行枚：古人行军之时将木棍衔在嘴里，避免说话出声。这里指征战之事。

8 蜎蜎（yuān）：昆虫蠕动爬行的样子。蠋（zhú）：蝴蝶、蛾等昆虫的幼虫。这里指野蚕。

9 烝（zhēng）：久。

10 敦：蜷缩的样子。

11 果裸：亦称栝（guā）楼，多年生草本植物，茎上有卷须，以攀缘他物，果实卵圆形，橙黄色。

12 施：蔓延。宇：屋檐。

13 伊威：虫名，即土虱，多生于阴暗潮湿之地。

14 蠨蛸（xiāo shāo）：一种蜘蛛，身体细长，脚很长，多在室内墙壁间结网。通称喜蛛，民间认为是喜庆的预兆。

15 町畽（tiǎn tuǎn）：田舍旁空地。或以为鹿迹。

16 熠耀：闪亮的样子。宵行：即萤火虫。

17 伊：是。

我徂东山，慆慆不归。	自我远征到东山，久滞不归岁月长。
我来自东，零雨其濛。	今天我从东山回，细雨蒙蒙雾迷茫。
鹳鸣于垤[1]，妇叹于室[2]。	鹳鸟丘上声声叫，妻子屋内叹息长。
洒埽穹窒[3]，我征聿至[4]。	清扫屋子再烘房，盼望丈夫早归乡。
有敦瓜苦[5]，烝在栗薪[6]。	团团葫芦已摘取，久久搁在柴堆上。
自我不见，于今三年。	自我夫妻不相见，算来已有三年长。
我徂东山，慆慆不归。	自我远征到东山，久滞不归岁月长。
我来自东，零雨其濛。	今天我从东山回，细雨蒙蒙雾迷茫。
仓庚于飞[7]，熠耀其羽。	黄莺空中展翅翔，羽毛熠熠闪亮光。
之子于归[8]，皇驳其马[9]。	妻子当初做新娘，迎亲骏马色白黄。
亲结其缡[10]，九十其仪[11]。	娘为女儿结佩巾，仪式繁多喜洋洋。
其新孔嘉[12]，其旧如之何[13]？	新婚夫妇真美好，久别重逢是何样?

注释

1 鹳（guàn）：一种大型水鸟，羽毛灰白色或黑色，嘴长而直，形似白鹤。生活在江、湖、池沼的近旁，捕食鱼虾等。垤（dié）：小土丘。

2 妇：指征人的妻子。

3 洒埽：打扫。穹窒：堵塞缝隙。

4 聿：语气助词。

5 敦：团。瓜苦：瓠瓜，葫芦的一种。

6 栗薪：堆积木柴。

7 仓庚：黄莺。

8 于归：出嫁。

9 皇：毛色黄白相杂的马。驳：毛色不纯的马。

10 缡（lí）：古代妇女出嫁时所系的佩巾。古代婚俗，女子出嫁时母亲亲手为女儿将佩巾结在带子上。

11 九十：形容结婚礼节繁多。仪：仪式。

12 新：新婚。孔：甚，很。嘉：美好。
13 旧：指久别重逢。

狼 跋

导读

这是一首讽刺公孙贵族的诗。诗中老狼脖颈下的垂肉严重阻碍了前行，由于行动不利索，后退又被自己的尾巴绊倒，更显迟缓之态。那位王孙贵族大腹便便，脚上却踩着又弯又翘的大红鞋子，走路一摇一摆，十分可笑，像极了老狼。诗以老狼的进退窘态为喻，揶揄公孙贵族的臃肿体态，令人忍俊不禁，具有强烈的讽刺效果。而诗的结尾写道，这体态不雅的公孙贵族名声倒也不差，可见诗人只是单纯取笑其滑稽的形体，并无过多意指。

狼跋其胡[1]**，载疐其尾**[2]。
公孙硕肤[3]**，赤舄几几**[4]。
狼疐其尾，载跋其胡。
公孙硕肤，德音不瑕[5]。

狼踩颈肉前行缓，后退又被尾巴绊。
王孙公子腹便便，脚上红鞋弯又尖。
老狼后退被尾绊，脚踩颈肉缓行前。
王孙公子腹便便，德行倒也不招厌。

注释

1 跋：踩。胡：颈下的垂肉。
2 载：又。疐（zhì）：义同“踬”，被绊倒。
3 公孙：对贵族官僚子孙的尊称。硕肤：大腹便便的样子。
4 赤舄（xì）：红色的鞋子。几几：鞋尖高高翘起的样子。
5 德音：声誉。瑕：瑕疵，过失。

诗经·雅

小雅

鹿 鸣

导读

这是周代贵族举行宴会所演唱的迎宾曲，表达了主人对宾客的欢迎和赞美。诗共三章，每章以恳诚的鹿鸣起兴，营造出一个轻松、和谐的氛围。在瑟、笙、琴的音乐伴奏声中，宴会热烈而欢快地举行献礼馈赠、饮酒致辞的活动。整首诗在情绪上一章比一章亲切，在气氛上一章比一章热烈，至末章达到“和乐且湛”的高潮，实现了主客沟通感情、“安乐其心”的宴会目的。

呦呦鹿鸣，食野之苹。[1]	群鹿呦呦相和鸣，呼吃野地嫩青苹。
我有嘉宾，鼓瑟吹笙[2]**。**	我有满座好宾客，弹瑟吹笙来助兴。
吹笙鼓簧，承筐是将。[3]	吹奏笙管振动簧，竹筐盛满好礼品。
人之好我，示我周行。[4]	诸位宾朋喜欢我，告我正道最欢迎。
呦呦鹿鸣，食野之蒿。	群鹿呦呦相和鸣，呼吃野地嫩青蒿。
我有嘉宾，德音孔昭[5]**。**	我有满座好宾客，佳德美誉多显耀。
视民不恌，君子是则是效。[6]	示范人们不轻佻，君子学习作仿效。
我有旨酒，嘉宾式燕以敖[7]**。**	我有美酒甘而醇，邀客宴饮乐逍遥。
呦呦鹿鸣，食野之芩[8]**。**	群鹿呦呦相和鸣，呼吃野地嫩黄芩。
我有嘉宾，鼓瑟鼓琴。	我有满座好宾客，助兴鼓瑟又弹琴。
鼓瑟鼓琴，和乐且湛[9]**。**	弹琴鼓瑟情意深，宾主和乐且尽兴。
我有旨酒，以燕乐嘉宾之心[10]**。**	我有美酒甘而醇，以此安乐众宾心。

注释

1 呦（yōu）呦：鹿鸣叫的声音。苹：即青蒿，蒿的一种。

2 瑟：乐器，似琴。

3 簧：笙管中的簧舌。承筐：用竹筐装上礼品。承，奉上。筐，竹筐。将：赠送。

4 好（hào）：爱。示：告。周行（háng）：大道，引申为正道、至道。

5 德音：美好的品德声誉。孔：很。昭：明。
6 视：通“示”。恌（tiāo）：亦作“佻”，刻薄，轻薄。是：代词，之。则：法则。效：仿效。
7 式：语气助词，无实义。燕：通“宴”，宴会。敖：游乐，逍遥。
8 芩（qín）：蒿一类的植物。
9 湛（dān）：喜乐之久。
10 燕：安。

常 棣

导读

这是一首宴请兄弟的诗，歌咏了兄弟友爱之情。全诗八章，首章以常棣之花比兴，引出“凡今之人，莫如兄弟”的主题。其余的章节既从生死、困境、防御三个典型情境，正面对主题进行了具体深入的申发，又以死丧祸乱与和平安宁，朋友妻子与兄弟关系进行对比，进一步凸显了兄弟友爱的重要性。

常棣之华，鄂不韡韡。[1]	花儿明艳的常棣，花萼花蒂两相依。
凡今之人，莫如兄弟。	试看如今世上人，没谁比过亲兄弟。
死丧之威，兄弟孔怀。[2]	倘遇可畏的死亡，只有兄弟放心上。
原隰裒矣[3]**，兄弟求矣。**	倘葬野地乱坟场，只有兄弟找寻忙。
脊令在原[4]**，兄弟急难。**	好比鹡鸰困高原，兄弟担忧救急难。
每有良朋，况也永叹。[5]	虽有好友情谊笃，徒唤奈何空长叹。
兄弟阋于墙，外御其务。[6]	兄弟家里虽争斗，却能携手抗外侮。
每有良朋，烝也无戎[7]**。**	虽有好友情谊笃，灾难临头难相助。
丧乱既平，既安且宁。	死丧灾祸已平定，生活幸福又安宁。
虽有兄弟，不如友生[8]**。**	虽有手足亲兄弟，情意反没朋友亲。
傧尔笾豆，饮酒之饫。[9]	碗碟杯盘案前举，开怀宴饮酒气浮。
兄弟既具，和乐且孺。[10]	一家兄弟齐相聚，融洽笃爱真欢愉。
妻子好合，如鼓瑟琴。	夫妻和睦情意深，好似琴瑟齐和鸣。
兄弟既翕，和乐且湛。[11]	兄弟既已一条心，亲情久长乐融融。
宜尔室家，乐尔妻帑。[12]	你的家庭事业兴，你的妻儿好心情。
是究是图，亶其然乎？[13]	如若深思啥原因，前头确实已言明。

注释

1 常棣（dì）：亦作棠棣、唐棣。即郁李，蔷薇科落叶小灌木，花或红或白，两三朵为一缀，茎长而花下垂，果实像李子而较小，可食。华：同“花”。鄂不（è fū）：花萼和花蒂。鄂，通“萼”。不（fū），“柎”的本字。韡韡（wěi）：光明华美的样子。

2 威：通“畏”。孔怀：很关心。

3 裒（póu）：聚集。

4 脊令：即鹡鸰，水鸟名。

5 每：虽。况：副词，更加。永叹：长久叹息。

6 阋（xì）：争吵。务：通“侮”。

7 烝（zhēng）：众多。戎：帮助。

8 友生：朋友。

9 傧：陈列，摆。笾（biān）豆：古代祭祀或宴会时常用的两种器具。笾用竹制，豆用木制。饫（yù）：吃饱喝足。

10 具：通“俱”。孺：亲睦。

11 翕（xī）：合，和顺。湛：又作“耽”，喜乐之久。

12 宜：安。帑（nú）：通“孥”，儿女。

13 究：深思。图：考虑。亶（dǎn）：实在，确实。然：这样。

伐 木

导读

这是一首宴请亲朋好友的诗，体现了诗人对亲情和友情的渴望。诗分三章，首章以伐木声、鸟鸣声两个意象起兴，有感于好鸟嘤嘤和鸣寻求知音而发出“相彼鸟矣，犹求友声。矧伊人矣，不求友生”的感慨。第二章诗人展示了现实生活中亲友不顾情谊、互相猜忌的不良现象。末章诗人为失去的亲情和友情而振臂高呼，希望亲友之间能相互理解信任，和睦快乐地相处。

伐木丁丁，鸟鸣嘤嘤。[1]	砍树之声响铮铮，惊动群鸟叫嘤嘤。
出自幽谷，迁于乔木。[2]	鸟儿本栖大深谷，飞来迁住高树丛。
嘤其鸣矣，求其友声。	嘤嘤好鸟相和鸣，只为寻求好知音。
相彼鸟矣[3]**，犹求友声。**	看那小鸟为飞禽，还思寻觅好知音。
矧伊人矣，不求友生？[4]	何况我辈贵为人，怎能不去寻知音？

神之听之[5]，终和且平。	谨慎听从这道理，才能和乐又安宁。
伐木许许，酾酒有萸。[6]	众人砍树齐声呼，滤酒香浓迎面扑。
既有肥羜，以速诸父。[7]	备好肥嫩小羊羔，诚心邀请我伯叔。
宁适不来，微我弗顾。[8]	即使碰巧没能来，不是对我不念顾。
於粲洒埽，陈馈八簋。[9]	洒扫房屋明又净，摆上佳肴和美酒。
既有肥牡，以速诸舅。[10]	备好肥美公羊肉，诚心邀请众亲友。
宁适不来，微我有咎[11]。	即使碰巧没能来，不能说我有错咎。
伐木于阪，酾酒有衍。[12]	砍树在那山坡上，清酒甘美多又满。
笾豆有践，兄弟无远。[13]	碗碟杯盘摆整齐，兄弟之情莫疏远。
民之失德，干糇以愆。[14]	人们为啥失情义？饭菜不周招人怨。
有酒湑我，无酒酤我。[15]	有酒滤清让我饮，没酒请去买一壶。
坎坎鼓我，蹲蹲舞我。[16]	咚咚鼓声为我响，兴致满怀翩翩舞。
迨我暇矣[17]，饮此湑矣。	等到我有空闲时，饮这清酒不含糊！

注释

1 丁丁（zhēng）：砍树的声音。嘤嘤（yīng）：鸟叫的声音。

2 幽谷：幽深的山谷。乔木：高大的树木。

3 相（xiàng）：察看，仔细看。

4 矧（shěn）：况且，何况。友生：朋友。

5 神：应作"慎"，谨慎。听：听从。

6 许许（hǔ）：伐木时共同用力的声音。酾（shī）：过滤。萸（xù）：（酒）甘美。

7 羜（zhù）：出生五个月大的小羊。速：邀请。诸父：宗族中的长辈。

8 宁：宁可。适：凑巧，恰好。微：无，勿。弗顾：不顾念。

9 於（wū）：叹词。粲：明净，干净。埽：同"扫"。馈：食物。簋（guǐ）：古代盛食物的圆形器具。

10 牡：雄性的羊。诸舅：异姓亲友。

11 咎：过错。

12 阪：山坡。衍：满溢出来。

13 笾（biān）豆：古代祭祀或宴会时常用的两种器具。笾用竹制，豆用木制。践：陈列整齐。无远：不要疏远。

14 民：人。失德：失去人与人之间的情义。干糇：干粮，也泛指普通的食品。愆：过错。

15 湑（xǔ）：将酒滤清。酤（gū）：买酒。

16 坎坎：象声词。蹲蹲（cún）：翩翩起舞的样子。
17 迨：及，趁。

采 薇

导读

这是一首描写久戍边关的士兵在归途中追忆唱叹的诗。全诗六章，分为三层。前三章为第一层，运用倒叙手法，叙述难归原因。这三章的前四句以“采薇”起兴，形象地将“薇亦作止”“柔止”“刚止”的生长过程与戍役难归结合起来，喻示了戍役的漫长和思乡的深切。后四句则对原因作了说明，因猃狁之患、战事频繁而王差无穷。前三章构成了全诗的感情基调，即恋家思亲的个人情感与为国赴难的责任感交织在一起。第四、五章为第二层，追述了行军作战的紧张生活：雄壮的军容、高昂的士气、精良的装备和激烈的战斗。至此，全诗情调由忧伤转为激昂，恋家之情与报国责任再一次联系在一起。其中，同仇敌忾、抵御外侮的爱国情感，令人感奋不已。末章为最后一层，诗人由追忆回到现实，通过今昔对比的写景记事，陷入更深沉的悲伤之中。既实写了归程道路的漫长、路途的艰难，也隐喻了士卒心路的漫长、内心不尽的哀伤和心灵遭受着的痛苦煎熬。总之，全诗从思乡恋家的悲苦到保家卫国的悲壮再到返家途中的悲伤，体现出了我们的先民对于生命的归宿、价值以及苦难的关怀和感悟，再现了人类生命在寻找栖息家园过程中的失落和痛楚、迷惘和感伤，昭示出了诗人强烈的生命意识。

采薇采薇，薇亦作止[1]。	采薇菜啊采薇菜，又见薇菜长出来。
曰归曰归，岁亦莫止[2]。	说回家啊说回家，年终岁末仍在外。
靡室靡家，猃狁之故。[3]	抛舍亲人离家园，只因猃狁兴战霾。
不遑启居[4]**，猃狁之故。**	没有空闲家里待，只因猃狁兴战霾。
采薇采薇[5]**，薇亦柔止。**	采薇菜啊采薇菜，薇菜如今嫩又柔。
曰归曰归，心亦忧止。	说回家啊说回家，不能归家心烦忧。
忧心烈烈[6]**，载饥载渴。**	心里忧愁似火烧，又饥又渴真难受。
我戍未定，靡使归聘。[7]	军营流动难驻久，没人回乡捎问候。
采薇采薇，薇亦刚止[8]。	采薇菜啊采薇菜，薇菜变得硬又枯。
曰归曰归，岁亦阳止[9]。	说回家啊说回家，今年十月来得促。
王事靡盬，不遑启处。[10]	王家公事无休止，哪有空闲在家住。
忧心孔疚，我行不来！[11]	忧愁在心真痛苦，我要出征家难顾！

彼尔维何[12]，维常之华。	什么花儿开得欢？是那美艳常棣花。
彼路斯何，君子之车。[13]	什么车儿高又大？是那将帅的兵车。
戎车既驾，四牡业业。[14]	兵车征战已起驾，四匹公马壮又大。
岂敢定居，一月三捷！	怎敢贪图睡床榻，捷报频传把敌杀！
驾彼四牡，四牡骙骙[15]。	驾起四匹好公马，马儿强壮高又大。
君子所依，小人所腓。[16]	将帅乘车作指挥，士卒隐蔽战车下。
四牡翼翼，象弭鱼服。[17]	四匹公马齐步伐，鱼皮箭袋雕弓挂。
岂不日戒，猃狁孔棘！[18]	哪有一天不戒备，抵御猃狁不卸甲！
昔我往矣，杨柳依依。[19]	回想我们出征初，杨柳轻柔随风拂。
今我来思，雨雪霏霏。[20]	如今我们出征归，大雪纷飞道路阻。
行道迟迟[21]，载渴载饥。	归途遥遥慢慢行，又饥又渴真辛苦。
我心伤悲，莫知我哀！	我的心里好悲伤，满腔哀情向谁诉！

注释

1 薇：野豌豆苗，可食。作：初生。止：语末助词。

2 莫："暮"的本字。岁暮，指岁末，岁终。

3 靡：无，没有。猃狁（xiǎn yǔn）：即猃狁，我国古代北方游牧少数民族，在当时周的北部，邻近西周国境。族人多善骑射，民性强悍，战斗力强，经常对周人进行侵犯与掠夺。故：原因。

4 不遑：无暇，没有闲暇。启居：跪和坐，均为古人家居生活行为，泛指安居。

5 柔：柔嫩。"柔"比"作"更进一步生长。

6 烈烈：本指火势大盛，此处形容忧虑之状，忧心如火。

7 戍：防守。定：固定。使：使者。聘：探问。

8 刚：坚硬。

9 阳：农历十月。

10 靡盬（gǔ）：没有止息。启处：安居。

11 孔：很，非常。疚：痛苦，难过。不来：不归。

12 尔：通"薾"，花繁盛鲜艳的样子。维何：是什么。常：常棣，棠棣。

13 路：古代的一种大车。君子：将帅。

14 戎车：兵车。业业：（马）高大雄壮的样子。

15 骙骙（kuí）：马强壮的样子。

16 依：倚靠。小人：士卒。腓（féi）：覆庇，倚庇。

17 翼翼：整齐有秩序的样子。象弭：以象牙装饰末梢的弓。鱼服：鱼皮制的箭袋。
18 日戒：每天警惕戒备。孔棘：很紧急，很急迫。
19 昔：指出征时。依依：轻柔披拂的样子。
20 思：语末助词。雨（yù）雪：下雪。霏霏：大雪纷飞的样子。
21 迟迟：漫长，遥远。

出车

导读

这是一首咏颂周宣王时出征士兵凯旋归来的诗，赞扬了统帅南仲的英明和赫赫战功，也反映了当时尖锐的民族矛盾。全诗共六章，前三章写战前准备：分别以"出车""到牧""传令""集合"四个动作，"多难""棘""悄悄""况瘁"的心理活动以及旐、旌、旟、旆的旗帜仪仗，刻画出出战前的紧急氛围、焦急紧张心理及军容之盛。后三章写凯旋归来：运用今昔对比的时空错位，参战士兵从忧到喜的心理转换，水到渠成地完成了对主帅的赞美。

我出我车，于彼牧矣[1]。	赶快出动我兵车，待命在那远郊外。
自天子所，谓我来矣。[2]	军令来自天子处，叫我前来不懈怠。
召彼仆夫[3]，谓之载矣。	召集驾车的马夫，为我驱车到边塞。
王事多难，维其棘矣[4]。	国家此时罹外患，战事紧急把兵派。
我出我车，于彼郊矣。	赶快出动我兵车，待命在那城郊外。
设此旐矣，建彼旄矣。[5]	兵车插上龟蛇旗，再立干旄好气派。
彼旟旐斯，胡不旆旆？[6]	各种旗帜迎风飘，怎不飞扬亮光彩？
忧心悄悄，仆夫况瘁。[7]	操心战事忧虑深，马夫憔悴真无奈。
王命南仲，往城于方。[7]	天子传令给南仲，速往北方筑城防。
出车彭彭，旂旐央央。[8]	兵车众多马雄壮，旌旗明艳亮晃晃。
天子命我，城彼朔方。	天子下令给我们，筑城戍守到北方。
赫赫南仲，猃狁于襄。[9]	威名赫赫的南仲，扫除猃狁上战场。
昔我往矣，黍稷方华[10]。	先前我们出征去，黍稷扬花才夏初。
今我来思，雨雪载涂[11]。	今日我们出征回，大雪纷飞满路途。
王事多难，不遑启居。	国家此时罹外患，哪有空闲在家住。

岂不怀归？畏此简书[12]。
喓喓草虫，趯趯阜螽。[13]
未见君子，忧心忡忡[14]。
既见君子，我心则降[15]。
赫赫南仲，薄伐西戎[16]。
春日迟迟，卉木萋萋。[17]
仓庚喈喈，采蘩祁祁。[18]
执讯获丑，薄言还归。[19]
赫赫南仲，玁狁于夷[20]。

难道不想把家归？担心又有急军书。
草虫喓喓地叫鸣，蚱蜢跳跃在草丛。
未曾见到君子面，令我担忧心思重。
如今见到君子面，石头落地心轻松。
威名赫赫的南仲，指挥我们征西戎。
春天太阳暖又明，草木茂盛绿茵茵。
轻盈黄莺婉转鸣，采蘩女子结队迎。
问讯俘虏杀敌寇，得胜归来往家行。
威名赫赫的南仲，为国已将玁狁平。

注释

1 牧：郊外。
2 所：处所。谓：使。
3 仆夫：驾驭车马的人。
4 维：用于句首，无实义。棘：通“亟”，紧急，急迫。
5 设：列置。旐（zhào)：画有龟蛇图案的旗。建：树立。旄（máo）：用牦牛尾装饰旗杆首的旗。
6 旟（yú）旐：泛指旌旗。旟，画着鸟隼的军旗。胡：怎么。旆旆（pèi）：旗帜飞扬的样子。
7 悄悄：忧伤的样子。况（huǎng）瘁：憔悴。况，通“怳”。
8 南仲：周宣王时的大臣。城：筑城。方：北方。
9 彭彭：马强壮的样子。旂（qí）：绘有蛟龙并挂有铃铛的旗。央央：鲜明的样子。
10 赫赫：显赫盛大的样子。襄：通“攘”，扫除。
11 方：正值。华：开花。
12 载涂：满途。
13 简书：周王传令出征的文书。
14 喓喓（yāo）：虫鸣声。趯趯（tì）：跳跃的样子。阜螽（zhōng）：蚱蜢。
15 忡忡：忧虑不安的样子。
16 降：放下。
17 薄伐：征伐，讨伐。西戎：古代西北少数民族。
18 迟迟：阳光温暖、光线充足的样子。卉木：草木。萋萋：草木茂盛的样子。
19 仓庚：黄莺。喈喈：鸟鸣声。蘩（fán）：白蒿。祁祁：众多，丰盛的样子。

20 执讯：对俘虏进行讯问。获丑：俘获敌众。薄言：急急忙忙。还：通“旋”，凯旋。
21 夷：平定，铲平。

六月

导读

这是一首追忆周宣王时期北伐猃狁获得胜利的诗，抒发了对主帅尹吉甫的赞美和叹服之情。全诗六章，前五章追述周宣王五年猃狁入侵宣王授命出征、交战直至胜利班师的全过程。末章描绘眼前共庆凯旋的欢宴。诗以追忆开始，以现实作结。在内容上，很好地表现了诗歌主旨，通过记叙战争，赞美主帅尹吉甫的文韬武略、指挥若定的才能和堪为万邦之宪的风范；在形式上，时空逻辑被打破，文势由紧张到舒缓，颇为引人入胜。

六月栖栖，戎车既饬。[1]	盛暑六月军情急，各种战车已备齐。
四牡骙骙，载是常服。[2]	四匹公马强又壮，车上军衣满堆积。
猃狁孔炽，我是用急。[3]	猃狁来势太凶猛，我方边境已告急。
王于出征，以匡王国。[4]	周王命我去征讨，保卫国家驱夷狄。
比物四骊，闲之维则。[5]	四匹黑马脚力齐，为合法度常练习。
维此六月，既成我服[6]**。**	在这炎炎六月里，已经备好我军衣。
我服既成，于三十里[7]**。**	已经穿上我军衣，每日前行三十里。
王于出征，以佐天子。	周王命我去征讨，辅佐天子不停息。
四牡修广，其大有颙。[8]	高高大大四公马，宽头大耳真强壮。
薄伐猃狁，以奏肤公。[9]	同心勉力伐猃狁，建立功勋保周邦。
有严有翼，共武之服。[10]	军容威严又敬肃，共参战事守国防。
共武之服，以定王国。	共参战事守国防，国家安定得保障。
猃狁匪茹，整居焦获。[11]	猃狁剽悍不柔弱，既占焦获作驻防。
侵镐及方[12]**，至于泾阳。**	又侵我镐与我方，以至进逼到泾阳。
织文鸟章，白旆央央。[13]	旗帜绘绣鸟隼像，白旗飘带明又亮。
元戎十乘，以先启行。[14]	大型战车足十辆，先行冲锋敌难挡。
戎车既安，如轾如轩[15]**。**	战车无损都平安，俯仰自如驶向前。
四牡既佶，既佶且闲。[16]	四匹公马真雄壮，膘肥体壮技熟练。

薄伐猃狁，至于大原[17]。	同心勉力伐猃狁，追亡逐北到大原。
文武吉甫，万邦为宪。[18]	能文能武尹吉甫，诸侯效法作仰瞻。
吉甫燕喜，既多受祉。[19]	吉甫宴饮喜洋洋，拜受周王丰厚赏。
来归自镐，我行永久[20]。	自从镐地征战还，长途行军历时长。
饮御诸友，炰鳖脍鲤。[21]	设宴招待众朋友，蒸鳖脍鲤请品尝。
侯谁在矣？张仲孝友。[22]	请问座中都有谁？张仲孝悌最贤良。

注释

1 栖栖：忙碌紧张的样子。戎车：兵车。饬（chì）：修整，整治。

2 骙骙（kuí）：马强壮的样子。常服：军服。

3 猃狁（xiǎn yǔn）：即猃狁，我国古代北方游牧少数民族，在当时周的北部，邻近西周国境。族人多善骑射，民性强悍，战斗力强，经常对周人进行侵犯与掠夺。孔炽：很猖獗，很嚣张。是用：是以，因此。

4 王：周宣王。但此次并非宣王亲征。于：往，去。匡：救助。

5 比物：齐同马力。物，马之力。骊（lí）：深黑色的马。闲：训练。则：法则。

6 服：军服。

7 于：往，去。三十里：古代行军三十里为一舍。

8 修广：长而大。颙（yóng）：大头大脑的样子。

9 薄伐：征伐，讨伐。奏：成。肤公：亦作“肤功”，大功。

10 严：威严。翼：恭谨。共：共同。武：武事，战争。服：事。

11 匪：通“非”。茹：柔弱。整居：整军旅占据。焦获：地名，在今陕西泾阳。

12 镐：地名，不是西周的都城镐京。方：地名。

13 织（zhì）文：旗帜上的纹样。织，通“帜”。鸟章：鸟形图饰。旆（pèi）：旗末端状如燕尾的飘带。央央：鲜明的样子。

14 元戎：大的兵车。启行：动身，起程，出发。

15 轾（zhì）：车向下俯。轩：车向上仰。

16 佶（jí）：健壮的样子。闲：通“娴”，熟悉，熟练。

17 大原：地名。

18 吉甫：尹吉甫，这次出征的大将。万邦：所有诸侯封国。宪：法令，榜样。

19 燕喜：宴饮喜乐。祉（zhǐ）：福。

20 永久：历时长久。

21 御：进，侍。炰（páo）：蒸煮。脍（kuài）：细切肉或鱼。

22 侯：语气助词。张仲：周朝名臣，尹吉甫的好朋友。孝友：事父母孝顺、对兄弟友爱。

黄 鸟

导读

这是一首客居他乡者思归之歌。诗以"啄我粟、粱、黍"的黄鸟类比起兴，影射"不我肯穀""不可与明、与处"的"此邦之人"，体现了客居者在异乡遭遇与该国人互不理解、互不相容的状况，并由此产生了对故国的深切怀念之情和回归故国的想法。

黄鸟黄鸟，无集于榖，
无啄我粟。[1] 此邦之人，
不我肯穀[2]。言旋言归，
复我邦族。[3]
黄鸟黄鸟，无集于桑，
无啄我粱。此邦之人，
不可与明[4]。言旋言归，
复我诸兄[5]。
黄鸟黄鸟，无集于栩[6]，
无啄我黍。此邦之人，
不可与处[7]。言旋言归，
复我诸父[8]。

黄雀黄雀求求你，不要楮树上聚集，
不要啄食我小米。这个地方的人啊，
待人不善把我欺。回去回去莫迟疑，
回到亲爱的故里。
黄雀黄雀求求你，不要桑树上聚集，
不要啄食高粱地。这个地方的人啊，
从不与人讲信义。回去回去莫迟疑，
回到故乡找兄弟。
黄雀黄雀求求你，不要柞树上聚集，
不要啄食我黄米。这个地方的人啊，
与他相处不适宜。回去回去莫迟疑，
回我叔伯父那里。

注释

1 黄鸟：黄雀。榖：楮树。
2 穀：善待。
3 言：语首助词，无实义。旋：回，归。复：返。邦族：邦国宗族。
4 明：通"盟"，讲信义。
5 诸兄：所有同宗之兄弟。
6 栩：柞树。
7 处：相处。
8 诸父：指伯父和叔父。

节南山

导读

这是一首讽刺太师尹氏执政的诗，抒发了诗人强烈的责怨之情。诗凡十章，共分为三层。首二章为第一层，以“南山”起兴，象征权臣尹氏，指斥尹氏不仁且为政不平，终致民望尽失，天人交怨。第三到第六章为第二层，进一步点明尹氏身居高官显位，不亲身理政而委之姻亲，加之天降穷极之乱，而使人民双重遭殃。七至十章为第三层，言诗人驾车避难，颠沛流离却无处可往，遂将离乱之苦，归咎于统治者内部矛盾所致，决心勇作诗“诵”，成此檄文，垂诫后人。

节彼南山，维石岩岩。[1]
赫赫师尹，民具尔瞻。[2]
忧心如惔，不敢戏谈。[3]
国既卒斩，何用不监！[4]

高峻巍峨终南山，重岩叠嶂危峰立。
声名赫赫尹太师，人人都在看着你。
满心忧虑似火烧，谁也不敢随口提。
国运已衰将要绝，为何监察不得力！

节彼南山，有实其猗[5]**。**
赫赫师尹，不平谓何[6]**！**
天方荐瘥，丧乱弘多。[7]
民言无嘉，憯莫惩嗟！[8]

高峻巍峨终南山，峰峦雄伟又壮阔。
声名赫赫尹太师，执政不公是为何！
上天屡次降灾祸，死丧祸乱实在多。
百姓议论口碑差，竟然未被惩戒过！

尹氏大师，维周之氐。[9]
秉国之均，四方是维。[10]
天子是毗，俾民不迷。[11]
不吊昊天，不宜空我师！[12]

赫赫有名尹太师，应是周邦的砥柱。
执掌朝政的中枢，四方水土你监督。
天子由你来辅助，使我百姓不迷途。
上天实在不仁慈，让我百姓受荼毒！

弗躬弗亲[13]**，庶民弗信。**
弗问弗仕，勿罔君子？[14]
式夷式已，无小人殆。[15]
琐琐姻亚，则无膴仕。[16]

政事从不亲过问，百姓对你不相信。
不咨耆老不聘少，岂不蒙蔽君子们？
铲除制止要趁早，避免小人起祸因。
猥琐平庸的姻亲，不该偏袒委重任！

注释

1 **节**：高峻的样子。**南山**：指终南山。**岩岩**：高大，高耸。

2 **赫赫**：显赫盛大的样子。**师尹**：指周太师尹氏。**具**：通“俱”，都。**瞻**：视，望。

3 **惔（tán）**：火烧。**戏谈**：嬉笑言谈。

4 卒：尽，完全。斩：断绝。何用：为什么。监：监督，察看督促。

5 有实：实实，广大的样子。猗（ē）：通“阿”，山坡。

6 谓何：为何。

7 荐：屡次，一再。瘥（cuó）：疾病瘟疫。弘多：很多。

8 民言：人民的议论。嘉：善。憯（cǎn）：曾，乃，此指竟然。惩：惩戒。嗟：语尾助词，无实义。

9 大：太。氐（dǐ）：根本。

10 秉：执掌。均：通“钧”，一种制造陶器所用的转轮。又称“陶旋轮”。维：维持，维系。

11 毗（pí）：辅助。俾（bǐ）：使。迷：迷惑。

12 不吊：不仁，不淑。昊（hào）天：苍天。空：穷。师：众民。

13 躬、亲：不亲自做事。

14 问：咨询。仕：任用。罔：欺骗，蒙蔽。

15 夷：平除，铲除。已：停止，废止。殆：危殆。

16 琐琐：形容人品卑微、平庸、渺小。姻亚：有婚姻关系的亲戚。膴（wǔ）仕：高官厚禄。膴，厚。

昊天不傭，降此鞠訩！[1]	老天真是不公平，降下如此大祸乱！
昊天不惠，降此大戾！[2]	老天真是不仁惠，降下如此大灾难！
君子如届，俾民心阕。[3]	君子如果能执政，民愤平息人心安。
君子如夷，恶怒是违。[4]	君子如果被排除，反抗怒火处处燃。
不吊昊天，乱靡有定[5]**。**	上天实在不仁慈，祸乱不息未平定。
式月斯生，俾民不宁。[6]	摧残生灵害百姓，使得人民不安宁。
忧心如酲，谁秉国成？[7]	忧心忡忡如酒病，谁来执掌政权柄？
不自为政，卒劳百姓[8]**。**	若不亲自掌朝政，苦的还是老百姓。
驾彼四牡，四牡项领。[9]	驾起四匹大公马，马儿高大颈脖粗。
我瞻四方，蹙蹙靡所骋[10]**！**	东南西北举目望，无处驰骋太局促！
方茂尔恶，相尔矛矣。[11]	当你怨怒正盛时，眼瞅长矛似迎敌。
既夷既怿，如相酬矣。[12]	怒火已息嗔作喜，互相劝酒惺惺惜。
昊天不平，我王不宁。	老天真是不公平，使我君王心烦乱。
不惩其心，覆怨其正。[13]	邪心没有被惩戒，劝谏正言反遭怨。
家父作诵，以究王訩。[14]	今日家父作诗篇，追究王朝祸乱因。
式讹尔心，以畜万邦。[15]	如能感化君王心，治理万民得安宁。

注释

1 傭：均，公平。鞠讻：极大的灾祸。讻，祸乱。
2 惠：仁惠。大戾（lì）：大恶。
3 届：至，到。阕：止息，终了。
4 夷：平除，铲除。违：违抗，反抗。
5 定：止息。
6 式：乃。月：当作"抈"，折断，扼杀。生：众生。
7 酲（chéng）：酒醒后神志不清有如患病的感觉。国成：国家政务的权柄。
8 卒（cuì）：当作"瘁"，憔悴。
9 牡：公牛，此指公马。项：肥大。领：颈项。
10 蹙蹙（cù）：局缩不舒展。骋：驰骋。
11 方：正值。茂：盛。恶：憎恶。相：注视。矛：长矛。
12 夷：心平气和。怿：喜悦。酬：劝酒。
13 惩：惩戒，止。覆：反。正：劝谏的正言。
14 家父：作者自呼其名，周大夫。诵：诗歌。究：穷究，追究。讻：祸乱。
15 式：语音助词，无实义。讹：改变，感化。畜：养。万邦：所有诸侯封国。

正　月

导读

这是一首政治怨刺诗。诗歌既抒写了一位失意官吏忧国哀民、愤世疾邪的情怀，又展示了西周末年政治的黑暗、贫富的对立和统治阶级内部的矛盾。诗凡十三章，将主人公在霜降异时、谣言四起、国家危在旦夕、百姓无辜受害、当权者昏庸享乐而自己却无能为力之时的忧伤、孤独、愤懑情绪一一宣泄出来，很有感染力。

正月繁霜[1]，我心忧伤。
民之讹言，亦孔之将。[2]
念我独兮，忧心京京。[3]
哀我小心，癙忧以痒。[4]
父母生我，胡俾我瘉[5]？
不自我先，不自我后。
好言自口，莠言自口[6]。

浓霜降在六月中，天气异常忧忡忡。
民间已经流言起，沸沸扬扬正闹腾。
独我一人忧国事，忧思深广何日终？
胆小怕事令我哀，忧愁成病憔悴容。
父母既然生育我，为何使我尽受苦？
我生不早也不晚，恰逢乱世真无福。
好话出自他的口，坏话也从他口出。

忧心愈愈，是以有侮。[7] 忧思深广神恍惚，因此常常受欺侮。
忧心茕茕，念我无禄。[8] 忧愁郁闷好孤独，不幸的我命真苦。
民之无辜，并其臣仆[9]**。** 平民百姓更无辜，都被抓来当奴仆。
哀我人斯，于何从禄？[10] 哀叹我们这些人，该在哪里领俸禄？
瞻乌爰止，于谁之屋？[11] 看那乌鸦要栖息，不知落在谁家屋？
瞻彼中林，侯薪侯蒸。[12] 远望那边树林中，粗细柴草密丛丛。
民今方殆，视天梦梦。[13] 百姓正处危难中，上天作哑又装聋。
既克有定，靡人弗胜。[14] 如果天命已确定，没人抗拒应服从。
有皇上帝，伊谁云憎！[15] 伟大光明的上帝，恨意究竟对谁冲！

注释

1 正月：夏历四月，周历六月。繁霜：浓霜。
2 讹言：流言，假话。孔：很。将：大，盛。
3 独：独自为国事忧伤。京京：忧愁不绝的样子。
4 小心：畏忌，顾虑。癙（shǔ）忧：郁闷忧愁。痒：病。
5 胡：为何。俾（bǐ）：使。瘉（yù）：病，此指灾难，祸患。
6 莠言：丑恶之言，坏话。
7 愈愈：忧惧很深。是以：因此。有侮：受人欺侮。
8 茕茕（qióng）：忧愁而无人理解的样子。无禄：不幸。
9 并：皆。臣仆：奴隶，俘虏。
10 斯：语尾助词，无实义。于：在。从：就。禄：官吏的俸给。
11 瞻：看。爰：语气助词，有“之”的作用。止：止息。于：在。
12 中林：林中。侯：语气助词，无实义。薪：粗柴。蒸：细柴。
13 殆：危险。梦梦：昏乱，不明。
14 既：终。克：能。定：确定。靡：无。弗：不。
15 有皇：即皇皇，光明伟大。伊：发语词。云：句中助词。憎：憎恨。

谓山盖卑[1]**，为冈为陵。** 人说山丘矮又平，实为高山与峻岭。
民之讹言，宁莫之惩[2]**！** 民间已经流言起，无人制止任横行！
召彼故老，讯之占梦。[3] 征召旧臣与元老，再向卜官问吉凶。
具曰予圣[4]**，谁知乌之雌雄！** 人人自夸最高明，乌鸦雌雄谁分清！
谓天盖高？不敢不局[5]**。** 谁说苍天高又邈？只敢低头又弯腰。

谓地盖厚？不敢不蹐[6]**。** 谁说大地深且厚？只敢小步蹑手脚。
维号斯言，有伦有脊。[7] 高声喊出这些话，句句在理识见高。
哀今之人，胡为虺蜴[8]**？** 哀叹当今世上人，何似蛇蜴将人咬？
瞻彼坂田，有菀其特。[9] 远远望那坡上田，禾苗茂盛异平常。
天之扤我，如不我克。[10] 老天这样折磨我，唯恐不能将我降。
彼求我则[11]**，如不我得。** 周王当初访求我，唯恐推辞入庙廊。
执我仇仇，亦不我力。[12] 得到却又轻慢我，并不重用晾一旁。
心之忧矣，如或结之[13]**。** 我心忧伤无处说，如绳打结不得解。
今兹之正，胡然厉矣！[14] 试看当今的朝政，为何这样的暴虐！
燎之方扬，宁或灭之？[15] 熊熊野火正炽盛，难道有谁能扑灭？
赫赫宗周，褒姒威之！[16] 盛大显赫的西周，因为褒姒国运绝！

注释

1 谓：说。盖（hé）：通“盍”，何，怎么。
2 宁：乃。惩：制止，惩戒。
3 故老：元老，旧臣。讯：问。占梦：占梦之官。
4 具：通“俱”，都。予圣：自以为圣人，谓自夸高明。
5 局：同“跼”，弯曲不伸。
6 蹐（jí）：走小碎步。
7 维：发语词。号：号叫，呼喊。伦、脊：道理，条理。
8 虺蜴（huǐ yì）：毒蛇和蜥蜴。
9 坂田：山坡上的田。菀（wǎn）：茂盛的样子。特：不平常的，超出一般的。
10 扤（wù）：折磨。如：唯恐。克：压倒，制伏。
11 彼：指周王。则：语尾助词，无实义。
12 仇仇：缓持，形容拿东西不用力的样子。不我力：不重用我。
13 或：有人。结：打结。
14 正：通“政”。胡然：为何。厉：暴虐。
15 燎：放火烧草木。扬：炽盛。宁：岂。或：有人。
16 宗周：西周王朝。威：同“灭”，灭亡。

终其永怀，又窘阴雨。[1] 忧伤既已深且长，又逢阴雨处境窘。
其车既载，乃弃尔辅[2]**。** 货物已经装满箱，竟把箱板全抽光。

载输尔载，“将伯助予”。[3]	等到货物掉下来，才叫“大哥帮帮忙”。
无弃尔辅，员于尔辐[4]**。**	车厢板子不能弃，车轮辐条要增益。
屡顾尔仆[5]**，不输尔载。**	经常照顾你车夫，莫使货物掉落地。
终逾绝险，曾是不意！[6]	终于渡过极险处，你竟丝毫不在意！
鱼在于沼，亦匪克乐[7]**。**	群鱼虽在池中游，也不快乐和无忧。
潜虽伏矣，亦孔之炤[8]**。**	即使潜藏深水中，水清照样入眼眸。
忧心惨惨，念国之为虐。[9]	忧思满怀心不安，国政暴虐使人愁。
彼有旨酒，又有嘉殽。[10]	他有香甜的美酒，又摆美味的嘉肴。
洽比其邻，昏姻孔云。[11]	朋党会聚多融洽，姻亲裙带乐陶陶。
念我独兮，忧心殷殷[12]**。**	想我孤独无依靠，阵阵心痛似刀绞。
佌佌彼有屋，蔌蔌方有穀。[13]	卑劣小人有华屋，庸陋之徒有好禄。
民今之无禄，天夭是椓[14]**。**	当今百姓不幸福，天降灾祸命真苦。
哿矣富人，哀此茕独！[15]	富人快乐又舒服，哀叹穷人太孤独！

注释

1 终：既。永怀：深忧。窘：困。

2 辅：车厢板。

3 载：第一个载为语气助词，第二个载为所运载的货物。输：掉下来。将（qiāng）：请。伯：排行大的人，大哥。

4 员（yún）：增益。辐：插入轮毂以支撑轮圈的细条。

5 顾：照顾。仆：车夫。

6 终：终于。逾：越过。绝险：极险之处。曾：竟。不意：不在意，不放在心上。

7 匪：非。克：能。

8 孔：很。炤（zhāo）：同“昭”，明显。

9 惨惨：忧虑不安。虐：暴虐。

10 旨酒：美酒。嘉殽：同“嘉肴”，美味的菜肴。

11 洽比：融洽，亲近。邻：亲近的、同一类型的人。昏姻：姻戚关系。云：亲近，和乐。

12 殷殷：心痛的样子。

13 佌佌（cǐ）：卑微渺小的样子。蔌蔌：猥琐丑陋的样子。

14 天夭：天所伤害。椓（zhuó）：毁坏，伤害。

15 哿（gě)：欢乐。茕（qióng）独：孤苦伶仃的人。

雨无正

导读

这是一首侍御小臣讽刺幽王昏庸、群臣误国的诗。诗凡七章，首章埋怨天命靡常，致使灾难降临。二至四章揭示导致灾难的原因：执事大臣或苟且偷安，或花言巧语，国王信谗拒谏、是非不分。五至七章写诗人面对昏君乱世不知所措的处境和苦恼悲哀的心情。诗歌采用直接咏叹的方式，层层揭示，感情真挚，满腔忧愤令人感喟不已。

浩浩昊天，不骏其德。[1]	苍天无边广大，施德并不久长。
降丧饥馑，斩伐四国。[2]	降下死亡饥荒，残害天下四方。
旻天疾威，弗虑弗图。[3]	苍天威虐暴戾，不加考虑思量。
舍彼有罪，既伏其辜。[4]	放过罪犯不管，包庇欺瞒罪状。
若此无罪，沦胥以铺[5]**。**	无罪之人善良，相率牵连遭殃。
周宗既灭，靡所止戾。[6]	宗周已经灭亡，安居没有地方。
正大夫离居，莫知我勚。[7]	上卿各自散处，无人知我辛忙。
三事大夫，莫肯夙夜。[8]	三公虽然还在，不肯日夜佐王。
邦君诸侯[9]**，莫肯朝夕。**	四方封邦君侯，不肯早晚相帮。
庶曰式臧，覆出为恶。[10]	希望政令变好，反而更加荒唐。
如何昊天！辟言不信[11]**。**	奈何如此苍天！法度之言不信。
如彼行迈，则靡所臻。[12]	好比一人远行，没有目的前进。
凡百君子，各敬尔身。[13]	所有百官群臣，各自谨慎保身。
胡不相畏，不畏于天？	为何不相畏敬，不畏天命神灵？
戎成不退，饥成不遂。[14]	兵灾难以消退，饥荒严重战溃。
曾我暬御，憯憯日瘁。[15]	为何我这近侍，日日忧伤憔悴。
凡百君子，莫肯用讯[16]**。**	所有百官群臣，不肯忠言劝慰。
听言则答，谮言则退。[17]	顺耳谀词进荐，逆耳忠言废退。

注释

1 浩浩：广大无际的样子。昊天：苍天。骏：长，常。

2 丧：死亡。斩伐：残害。四国：四方，天下。

3 疾威：暴虐，威虐。虑：考虑。图：思量，打算。

4 既：尽。伏：隐藏。辜：罪。
5 沦胥（xū）：相率牵连。铺：通“痡”，病苦。
6 周宗：即宗周，指镐京。止戾：安居。
7 正大夫：上卿，上大夫。离居：散处，分居。勚（yì）：劳苦。
8 三事：指三公：太师、太傅、太保。夙夜：早晚，指早起晚归，日夜操劳。
9 邦君：封国之君。
10 庶：希望。式：语音助词。臧：善，好。覆：反而。
11 辟言：合乎法度的言论。
12 行迈：行走不止，远行。臻（zhēn）：至，到达。
13 君子：指群臣百官。敬：谨慎。
14 戎：战争。遂：成功，顺利。
15 暬（xiè）御：近侍。憯憯（cǎn）：忧愁的样子。瘁：憔悴，枯槁。
16 讯：义同“谇”，谏劝。
17 听言：顺言，顺从之言。答：进用。谮（zèn）言：本指谗言，此指谏言。退：斥退。

哀哉不能言，匪舌是出，
维躬是瘁。[1] **哿矣能言，**
巧言如流，俾躬处休。[2]
维曰于仕，孔棘且殆。[3]
云不可使[4]**，得罪于天子。**
亦云可使，怨及朋友。
谓尔迁于王都，曰：予未有室家。[5]
鼠思泣血，无言不疾。[6]
昔尔出居，谁从作尔室？[7]

悲哀忠言难进，不是口舌拙笨，
是我憔悴多病。能言博取欢心，
巧言如水流奔，使己享福蒙恩。
要说出去做官，国事非常危急。
如说政令不行，就会得罪天子。
如说政令可行，又遭朋友怨弃。
劝你迁回王都，你说没有家住。
忧至泪尽血出，说话遭人嫉妒。
当初你们离居，是谁营造房屋？

注释

1 出：义同“拙”，笨拙。躬：亲身，自身。
2 哿（gě）：快乐。休：吉庆，福禄。
3 于仕：前去做官。于，往。棘：通“急”，急切，急迫。殆：危险。
4 使：从。
5 尔：指正大夫、三事大夫。室家：家室，家业。
6 鼠思：忧思。泣血：泪尽血出，形容极度悲伤。疾：恨。
7 出居：离居，离开王都到别地去。从：随从。作：营造。

蓼 莪

导读

这是一首悼念父母的诗。凡六章，前四章为第一部分，具体赞颂父母养育之辛劳、养育之功德，表述儿女辜负父母之厚望、不能尽孝、欲报无门等愧疚之心境；五、六章为第二部分，表达儿女痛失父母的悲怆和凄凉情怀。全诗追思双亲的真挚之情，深沉质朴，可谓字字血泪，感人肺腑。

蓼蓼者莪，匪莪伊蒿。[1]	那高大的是莪蒿？不是莪蒿是青蒿。
哀哀父母，生我劬劳。[2]	悲伤不已我爹娘，生我养我太辛劳。
蓼蓼者莪，匪莪伊蔚[3]**。**	那高大的是莪蒿？不是莪蒿是牡蒿。
哀哀父母，生我劳瘁[4]**。**	悲伤不已我爹娘，劳累养我受煎熬。
瓶之罄矣，维罍之耻。[5]	酒瓶倒空见了底，这是酒缸的羞耻。
鲜民之生[6]**，不如死之久矣。**	苦命之人这样活，不如早些选择死。
无父何怙[7]**？无母何恃？**	没有亲爹谁可靠？没有亲娘谁可恃？
出则衔恤，入则靡至！[8]	出门在外心忧伤，进门冷清双亲失！
父兮生我，母兮鞠我[9]**。**	爹啊是你生了我，娘啊是你养了我。
拊我畜我，长我育我，[10]	爱抚我啊疼爱我，培养我啊教育我，
顾我复我，出入腹我。[11]	照顾我啊挂念我，出入家门抱着我。
欲报之德，昊天罔极！[12]	想报爹娘这恩德，老天无常降灾祸！
南山烈烈，飘风发发。[13]	南山高峻难登攀，狂风迅疾尘土扬。
民莫不穀，我独何害！[14]	人人都能养爹娘，为何独我受灾殃。
南山律律，飘风弗弗。[15]	南山高峻难登攀，狂风迅疾卷四方。
民莫不穀，我独不卒[16]**！**	人人都能养爹娘，为何独我难终养。

注释

1 蓼蓼（lù）：长而大的样子。莪：莪蒿，多年生草本植物，嫩茎叶可作蔬菜。也叫萝蒿，俗称抱娘蒿。匪：非。伊：是。蒿：蒿属的一种植物，有白蒿、青蒿、牡蒿、臭蒿等多种。

2 哀哀：悲伤不已的样子。劬（qú）劳：劳累，劳苦。

3 蔚：牡蒿，一种多年生草本植物，全草入药。

4 劳瘁（cuì）：辛苦劳累。
5 罄（qìng）：尽，空。罍（léi）：古代一种小口、广肩、深腹、圈足、有盖的盛酒容器。
6 鲜民：无父母穷独之民。鲜，寡。
7 怙（hù）：依靠，仗恃。
8 衔恤：含哀，心怀忧伤。靡至：无所亲。
9 鞠：养育，抚养。
10 拊：同“抚”，安抚，抚慰。畜（xù）：喜爱。
11 顾：顾念。复：返回，不忍离开。腹：怀抱。
12 之：这。罔极：无常，无定准。
13 烈烈：高峻的样子。飘风：旋风，暴风。发发：风吹迅疾的样子。
14 穀：赡养。何：通“荷”，担。
15 律律：山高峻的样子。弗弗：风迅疾的样子。
16 卒：终养。

宾之初筵

导读

这是一首讽刺统治者饮酒无度、失礼败德的诗。诗共五章，每章十四句。按内容可以分为三部分。一、二章为第一部分，写合乎礼制的酒宴。首章前八句极力状写丰盛和乐、典雅庄重的燕饮场面，后六句写燕射。次章前八句写乐舞声中祭祖福尸的盛大隆重之祭祀场面，后六句写大射之礼后又归于燕饮，誉美之词溢于言表。三、四章为第二部分，写违背礼制的酒宴。此二章反复直陈醉酒之态，抓住醉酒者吵吵嚷嚷、弄乱东西、衣冠不正的特征进行描绘。诗中虽无贬斥之语，但与前部分两相对照，美丑自现。末章为第三部分，劝诫人们不要沉湎于酒。全诗章法结构严谨，修辞手法丰富多彩，其叠词、对偶、顶针、重复等修辞格的运用，产生了奇妙的表达效果。另外，诗中的射礼之饮、祭礼之饮以及酒监、酒史的司职，是我们了解周人礼仪、认识酒文化的一扇窗口。

宾之初筵，左右秩秩。[1]	客人来到入宴席，主宾列坐皆敬肃。
笾豆有楚，殽核维旅。[2]	竹笾木豆摆整齐，鱼肉瓜果装进去。
酒既和旨，饮酒孔偕。[3]	醴酒醇和又甘美，同心尽兴把杯举。
钟鼓既设，举醻逸逸[4]**。**	钟鼓已经架设好，举杯敬酒有秩序。
大侯既抗，弓矢斯张。[5]	大靶已经张挂好，良弓利箭也就绪。
射夫既同，献尔发功。[6]	射手已经会聚齐，表演射技获称誉。

发彼有的，以祈尔爵。[7] 发箭射中那靶心，败则罚酒众宾娱。
籥舞笙鼓[8]**，乐既和奏。** 吹籥起舞敲笙鼓，众乐齐奏音悠扬。
烝衎烈祖，以洽百礼。[9] 进献乐舞娱祖先，配合礼仪神来享。
百礼既至，有壬有林[10]**。** 各种礼仪都齐备，隆重丰盛大排场。
锡尔纯嘏，子孙其湛。[11] 神灵赐你大福气，子孙受益都欢畅。
其湛曰乐，各奏尔能[12]**。** 和乐欢快尽情兴，各献其能求赞赏。
宾载手仇，室人入又。[13] 宾客各自选对手，主人加入争弱强。
酌彼康爵，以奏尔时。[14] 斟满那个大酒杯，献给中者作奖赏。

注释

1 初筵（yán）：宾客初入座的时候，指宴饮之始。筵，竹席。左右：席位东西，主人在东，客人在西。秩秩：肃敬又有秩序的样子。

2 笾（biān）豆：古代祭祀或宴会时常用的两种器具。笾用竹制，豆用木制。有楚：即“楚楚”，排列整齐的样子。殽：为豆中所装鱼肉等食物。核：为笾中所装瓜果等食物。旅：陈列。

3 和旨：醇和而甘美。孔偕：非常整齐，指同心尽兴。

4 酬：敬酒。逸逸：往来有次序。

5 大侯：古代的一种大箭靶，用虎、熊、豹三种皮制成。抗：竖起，高挂。张：张弓设箭。

6 射夫：射手。同：会齐。发功：发箭射击的功夫。

7 有：语气助词。的：靶心。祈：求。爵：古代饮酒的器皿。

8 籥（yuè）舞：文舞，吹籥而舞，舞时依照籥声为节拍。

9 烝衎（zhēng kàn）：进乐。烈祖：开基创业的祖先。洽：配合。百礼：各种礼仪。

10 壬：大。林：多。

11 锡：赐。纯嘏（gǔ）：大福。湛（dān）：喜乐。

12 奏：进献。

13 载：则。手：取，选择。仇：匹，指对手。室人：主人。入又：进入射场又和宾客射箭。

14 酌：斟酒。康爵：大酒器。奏：进。时：善，指射中者。

宾之初筵，温温其恭[1]**。** 客人来到入宴席，态度谦恭又得体。
其未醉止，威仪反反[2]**。** 他们没有喝醉时，举止庄重有威仪。
曰既醉止，威仪幡幡。[3] 他们都已喝醉时，举止轻率显无礼。

舍其坐迁，屡舞仙仙。[4]　离开座位乱走动，手舞足蹈不停息。

其未醉止，威仪抑抑[5]**。**　他们没有喝醉时，谨慎严肃很得体。

曰既醉止，威仪怭怭[6]**。**　他们都已喝醉时，举止轻佻又粗鄙。

是曰既醉，不知其秩[7]**。**　因为已经酩酊醉，昏昏不知常规礼。

宾既醉止，载号载呶[8]**。**　宾客已经喝醉酒，又是叫喊又是闹。

乱我笾豆，屡舞僛僛[9]**。**　打翻我的笾和豆，左摇右晃把舞跳。

是曰既醉，不知其邮[10]**。**　因为已经酩酊醉，不知过错真可笑。

侧弁之俄，屡舞傞傞。[11]　皮帽歪戴斜一边，疯疯颠颠跳舞蹈。

既醉而出，并受其福[12]**。**　如果喝醉就离席，宾主得安都称好。

醉而不出，是谓伐德[13]**。**　醉酒发疯不离席，这叫败德令人恼。

饮酒孔嘉，维其令仪[14]**。**　饮酒本是美善事，只是仪表要美好。

凡此饮酒[15]**，或醉或否。**　所有这些饮酒人，一些清醒一些醉。

既立之监，或佐之史。[16]　已设酒监来督察，又设酒史来警卫。

彼醉不臧[17]**，不醉反耻。**　醉酒本来不像话，不醉反而心有愧。

式勿从谓，无俾大怠。[18]　不要跟着去劝酒，害他轻慢很狼狈。

匪言勿言，匪由勿语。[19]　别人不问不言语，不合法式不乱对。

由醉之言，俾出童羖。[20]　听从醉汉的胡话，如牵没角公羊喂。

三爵不识，矧敢多又！[21]　限饮三杯都不懂，何况多喝更倒霉！

注释

1 温温：谦和的样子。

2 威仪：仪容举止。反反：慎重、庄重的样子。

3 曰：语气助词。幡幡：轻率不庄重的样子。

4 舍：离开。坐：同“座”，座位。迁：移动。仙仙：亦作“跹跹”，舞姿轻盈、轻举的样子。

5 抑抑：谨慎、严肃的样子。

6 怭怭（bì）：轻佻粗俗的样子。

7 秩：常规。

8 号：大声喊叫。呶（náo）：喧哗。

9 僛僛（qī）：醉舞歪斜倾倒的样子。

10 邮：通“尤”，过失，罪过。

11 侧弁（biàn）：歪戴皮帽。俄：倾斜。傞傞（suō）：醉舞失态的样子。
12 并：遍。
13 伐德：损害德行。
14 维：独，只。令仪：美好的仪表礼节。
15 凡此：所有这些。
16 监：酒监。史：酒史。
17 臧：善，好。
18 式：发语词。从谓：跟着劝酒。俾：使。大怠：太轻慢失礼。
19 匪：非。言：讯，问。由：法式。
20 由：听从。醉：醉者。童羖（gǔ）：无角的公羊。
21 三爵：三杯酒。爵，雀形酒杯。古代君臣小宴礼节，以三爵为度。矧（shěn）：况且。多又：又多喝。

都人士

导读

这是一首自称为"都人士"的男子追求一位"君子女"的恋情诗。诗凡五章，首章对"都人士"的衣着、容止和谈吐进行了描写，指出他是众人心仪的对象。二至四章每章先描绘"都人士"的帽子、耳饰、冠带之美，塑造出了一位仪表气度不凡的上层君子形象；再描绘"君子女"或直或卷的头发和高贵的姓氏。全诗表达了男子不得见面自己心爱的恋人的失魂伤怀之情。

彼都人士，狐裘黄黄。[1]	那位京都的士子，狐皮袍子罩衫黄。
其容不改，出言有章[2]**。**	他的容貌如往常，讲起话来吐华章。
行归于周，万民所望。[3]	将要回到镐京去，正是万民所盼望。
彼都人士，台笠缁撮[4]**。**	那位京都的士子，黑布帽儿莎草笠。
彼君子女，绸直如发。[5]	那位高贵的小姐，头发密直真美丽。
我不见兮，我心不说[6]**。**	如今我没见着她，心中不快忧不已。
彼都人士，充耳琇实[7]**。**	那位京都的士子，佩戴充耳和玉石。
彼君子女，谓之尹吉[8]**。**	那位高贵的小姐，嘉姓出自尹吉氏。
我不见兮，我心苑结[9]**。**	如今我没见着她，心中郁结难度日。
彼都人士，垂带而厉[10]**。**	那位京都的士子，冠带下垂风度翩。

彼君子女，卷发如虿[11]。	那位高贵的小姐，发如蝎尾向上卷。
我不见兮，言从之迈[12]。	如今我没见着她，跟她远行也情愿。
匪伊垂之[13]，带则有余。	不是他要把带垂，冠带本来细又长。
匪伊卷之，发则有旟[14]。	不是她要把发卷，头发天生向上扬。
我不见兮，云何盱矣[15]！	如今我没见着她，多么愁闷和忧伤！

注释

1 都人：京都的人。黄黄：形容狐皮袍上的罩衫颜色黄黄的。

2 有章：有法度，有文采。

3 行：将。周：指镐京。望：仰慕，盼望。

4 台笠：用莎草织成的斗笠。台，莎草。缁（zī）撮（cuō）：即黑布做成的束发小帽。

5 君子女：贵族小姐。绸直：密而直。绸，通“稠”。如：乃，其。

6 说：通“悦”，喜悦。

7 充耳：古代挂在冠冕两旁的饰物，下垂及耳，可以塞耳避听。也叫“瑱”。琇：美石。实：坚硬。

8 尹吉：当时两个大姓。

9 苑结：即郁结，心中忧郁成结。

10 垂带：下垂的冠带。厉：即裂，绸布的残余，布条。

11 虿（chài）：蝎子一类的毒虫，行走时尾部向上翘。此形容女子卷发之美。

12 言：发语词。迈：行。

13 匪：非。伊：表示判断，常与“匪”连用。

14 有旟（yú）：即“旟旟”，扬起、翘起的样子。

15 盱（xū）：通“吁”，忧伤。

苕之华

导读

这是一首饥民因苕华有感而自伤不幸的诗，反映了周代饥荒年月、人自相食的社会现实与深重苦难。诗前两章以苕华起兴，以花之优美绚丽、生机盎然反衬生活的困苦与无望。美好与残酷的落差就这样矛盾地呈现在读者面前。末章以头大身瘦的母羊、空空如也的鱼篓喻“陆物之萧索、水物之凋耗”，最后引出人皆相食的惨象。沉痛的呼号，千载而下，犹令人泫然涕下！

苕之华，芸其黄矣。[1] 凌霄花儿正怒放，串串繁花颜色黄。
心之忧矣，维其伤矣[2]**！** 心里充满忧和愁，多么痛苦和悲伤！
苕之华，其叶青青[3]**。** 凌霄花儿正怒放，蔓上枝叶好茂盛。
知我如此，不如无生[4]**。** 早知生活这样苦，不如当初不出生。
牂羊坟首，三星在罶。[5] 母羊头大身子瘦，三星照着捕鱼篓。
人可以食，鲜可以饱[6]**。** 灾荒年月人食人，太少怎么能吃饱？

注释

1 苕（tiáo）：紫葳科落叶木质藤本，借气生根攀附在其他物上。又名凌霄花、紫葳。华：同“花”。芸：黄色深浓的样子。

2 维其：何其。

3 青青：茂盛的样子。

4 无生：不出生。

5 牂（zāng）羊：母羊。坟首：大头。三星：二十八星宿之一，即参星。罶（liǔ）：捕鱼的竹篓子。

6 鲜（xiǎn）：少。

何草不黄

导读

这是一首反映征役不息，征夫愁怨的诗。全诗四章，前两章先用到处都有而听其自生自灭的野草起兴，后两章又用一年到头在旷野荒草中生活的各种兽类打比，说明这些终年奔走于四方的征夫就跟草木禽兽一样，既不能享受正常人应有的待遇，更谈不上过安居乐业的生活。作者把一腔哀怨愤激之情，用极为精炼的语言写得淋漓尽致。

何草不黄，何日不行[1]**。** 哪有草儿不枯黄，哪有日子不奔忙。
何人不将，经营四方。[2] 哪个能不把差当，往来辛苦走四方。
何草不玄，何人不矜。[3] 哪有草儿不萎枯，哪人不似老鳏夫。
哀我征夫，独为匪民[4]**。** 我们征夫真可怜，不被当人命真苦。
匪兕匪虎，率彼旷野。[5] 不是犀牛不是虎，常在旷野出和入。
哀我征夫，朝夕不暇[6]**。** 我们征夫真可怜，白天黑夜都忙碌。

有芃者狐，率彼幽草。[7]	毛发蓬松的狐狸，往来出没深草丛。
有栈之车，行彼周道。[8]	高高大大出征车，急行在那大道中。

注释

1 行：出行。此指行军、出征。

2 将：犹“行”。经营：往来。

3 玄：赤黑色，指百草枯萎衰败之色。矜（guān）：通“鳏”，死了妻子的人。

4 匪民：不是人。匪，非。

5 兕（sì）：雌性犀牛。率：循，沿着。

6 不暇：没有空闲。

7 芃：兽毛蓬松的样子。幽草：幽深地方的草丛。

8 栈：高大的样子。周道：大道。

大雅

文　王

导读

这是一首歌颂周王朝奠基者文王的功业和德行并以“敬天法祖”劝诫成王的诗。全诗共七章。首章写文王建周是天命所赐。次章写文王兴国福泽后代。第三章歌颂文王培育了众多人才。第四章写周朝兴盛取代殷商，是因文王德行高尚。第五章从天命出发，歌颂文王开国功业。第六章，诗人以史为鉴，劝诫成王要以殷商为鉴，做到敬天修德。末章从“命之不易”说起，劝诫成王要效法文王。诗中的“天命靡常”“惟德是辅”观念是文王兴周代殷的最合情理的解释。此诗是《大雅》的第一篇，与《生民》《公刘》《绵》《皇矣》《大明》等篇相关联，构成了一组开国史诗。全诗结构完整，连珠顶针修辞手法的运用，使得诗意连贯、韵律和谐。

文王在上，於昭于天。[1]	文王之灵在昊天，啊，高高在天多显耀。
周虽旧邦，其命维新。[2]	周虽是那旧邦国，它却受命建新朝。
有周不显，帝命不时。[3]	周朝国势多盛大，上帝意志全遵照。
文王陟降，在帝左右。[4]	文王神灵升又降，在帝身旁多荣耀。
亹亹文王，令闻不已。[5]	勤勉不倦周文王，美好声誉永颂扬。
陈锡哉周，侯文王孙子。[6]	上帝厚赐兴周邦，子子孙孙永兴旺。
文王孙子，本支百世[7]**。**	文王子孙受福泽，本宗支庶百世昌。
凡周之士，不显亦世。[8]	但凡周邦文武官，累世显贵有名望。
世之不显，厥犹翼翼[9]**。**	累世显贵地位高，谋划恭敬又严谨。
思皇多士[10]**，生此王国。**	美好贤能的才士，生此国度多荣幸。
王国克生，维周之桢。[11]	王国因之能荣欣，都是周邦的福庆。
济济多士[12]**，文王以宁。**	众多才士济一堂，文王安宁不操心。
穆穆文王，於缉熙敬止。[13]	仪表堂堂周文王，啊，行事谨慎又光明。
假哉天命[14]**，有商孙子。**	伟大严峻上帝命，商代子孙要遵从。
商之孙子，其丽不亿[15]**。**	殷商后代子孙多，人数过亿数不清。
上帝既命，侯于周服[16]**。**	上帝已经下命令，臣服周朝顺天命。

注释

1 文王：周文王昌，姬姓。於：语气词，相当于“啊”。昭：光明。

2 旧邦：旧国。命：天命。维新：反对旧的，提倡新的。

3 有：词头，无实义。不显：盛大的样子。不，通“丕”，大。时：是。

4 陟降：升降，上下。左右：身边。

5 亹亹（wěi）：勤勉不倦的样子。令闻：美好的声誉。

6 陈：“申”的借字，一再，重复。锡：赐。哉：犹“载”。哉周，建设周国。侯：乃，是。

7 本支：以树木的本枝喻同一家族的嫡系和庶出子孙。

8 士：指周朝的百官群臣。亦世：奕世，累世。

9 厥：他，他的。犹：通“猷”，谋划。翼翼：恭敬谨慎的样子。

10 思：发语词，无实义。皇：美好。

11 克：能。维：是。桢：支柱，主干。此字或作“祯”，指吉祥福庆。

12 济济：众多的样子。

13 穆穆：仪容或言语和美。缉熙：指光明，又引申为光辉。敬：严肃谨慎。止：语尾助词。

14 假：大。

15 丽：数，数目。不亿：超过亿数，形容其数甚多。周代以十万为亿。

16 侯于周服：为“侯服于周”的倒文。侯，乃，就。服，臣服。

侯服于周，天命靡常[1]。　　殷商称臣服周邦，可见天命并无常。

殷士肤敏，祼将于京。[2]　　殷商臣属美而敏，来京灌祭助周王。

厥作祼将，常服黼冔[3]。　　看他助祭行灌礼，冠服仍是殷时装。

王之荩臣，无念尔祖。[4]　　他们都是王忠臣，感念祖荫不要忘。

无念尔祖，聿修厥德[5]。　　祖先荫德不忘记，自身德行勤修砺。

永言配命[6]**，自求多福。**　　常顺天命不相违，才能多求好福气。

殷之未丧师，克配上帝。[7]　　殷商未失民心时，也能应命合天意。

宜鉴于殷，骏命不易。[8]　　应该以殷为戒鉴，遵行大命不容易。

命之不易，无遏尔躬[9]。　　遵行大命不容易，切勿断绝在你身。

宣昭义问，有虞殷自天。[10]　　宣扬光大好名声，又依天意谨察审。

上天之载，无声无臭。[11]　　上天行事难猜度，无声无息了无痕。

仪刑文王，万邦作孚。[12]　　效法伟大周文王，万国诸侯都信奉。

注释

1 靡常：无常，没有一定的规律。

2 殷士：殷人，指殷商的臣属。肤敏：优美敏捷。祼（guàn）将：助王举行祼祭之礼。祼，灌祭，祭礼的一种。将，举行。

3 常：通“尚”，还是。服：穿戴。黼（fǔ）：古代礼服上绣的半黑半白的花纹。冔（xǔ）：殷代冠名。

4 荩（jìn）臣：王所进用之臣，后引申指忠诚之臣。无念：犹言勿忘，不要忘记。

5 聿（yù）：句首助词，无实义。修厥德：修其德行。

6 永：长，常。言：语气助词，无实义。配命：配合天命。

7 丧师：失去民心。师，众，众庶。克：能。

8 鉴：借鉴，引以为教训。骏命：大命，指上天或帝王的命令。骏，大。不易：不容易。

9 遏：阻止，断绝。尔躬：你自身。

10 宣昭：宣扬，显扬。义问：美好的声誉。有：通“又”。虞：审察，推度。

11 载：事。臭：气息，气味。

12 仪刑：效法。作孚（fú）：信服，信从。

大　明

导读

这是一首歌颂周代开国祖先功德的诗，叙述了王季与太任、文王与太姒成亲以及武王一举灭商的史实，具有史诗性质。诗共八章。首章为全诗总纲，以皇天伟大、天命难测引出商运将亡、周命将兴。次章写王季与太任成亲，行德政。第三至五章写文王降生、承受天命、德行出众、受任方国、与太姒成亲。第六至八章写武王降生、出兵伐商、牧野誓师、牧野之战。七、八章为全诗重点。此诗为叙事诗，叙述简练而时序井然、详略得当、场面阔大、气势磅礴。

明明在下，赫赫在上。[1]	文王美德耀人间，显赫盛大达天上。
天难忱斯，不易维王。[2]	天命无常难相信，为君为王不易当。
天位殷適，使不挟四方。[3]	天立殷纣为君王，却又使他失四方。
挚仲氏任，自彼殷商。[4]	挚国任家二姑娘，来自遥远的殷商。
来嫁于周，曰嫔于京[5]。	远嫁前来我周邦，来到京都做新娘。
乃及王季，维德之行。[6]	与那王季结配偶，专做好事美名扬。

大任有身[7]**，生此文王。**
维此文王，小心翼翼[8]**。**
昭事上帝，聿怀多福。[9]
厥德不回，以受方国。[10]
天监在下，有命既集。[11]
文王初载，天作之合。[12]
在洽之阳，在渭之涘。[13]

太任不久有身孕，生下文王好儿郎。
就是这个周文王，行事谨慎又恭良。
勤勉努力奉上帝，带来幸福和吉祥。
德行正直又磊落，各国归附民所望。
上天明察人世间，天命已经聚文王。
就在文王年轻时，上天赐他好对象。
新娘住在洽水北，就在渭水河岸旁。

注释

1 明明：光明的样子。赫赫：显赫盛大的样子。
2 忱：相信，信任。斯：语末助词。维：为。
3 位：立。殷適：殷纣王。適，通“嫡”，正妻所生之子。挟：拥有。
4 挚：古国名，在今河南汝南县东南。仲氏：次女。任：姓。自：来自。
5 曰：语首助词。嫔：嫁。京：周京。
6 及：与。维德之行：只做有德行的事情。
7 大（tài）任：即挚仲氏任。有身：怀孕。
8 翼翼：恭敬谨慎的样子。
9 昭事：勤勉地服侍。昭，通“劭”，勤勉。聿：语气助词。怀：招来。
10 不回：正直，不行邪僻。回，邪僻。受：承受，享有。方国：四方诸侯之国。
11 天监：上天的监视。有命：天命。有，句首助词。
12 初载：初年。天作之合：谓文王娶大姒为上天所赐。
13 洽（hé）：水名，在今陕西合阳。阳：水的北岸。渭：渭水。涘（sì）：水边。

文王嘉止，大邦有子。[1]
大邦有子，俔天之妹[2]**。**
文定厥祥[3]**，亲迎于渭。**
造舟为梁，不显其光。[4]
有命自天[5]**，命此文王，**
于周于京。缵女维莘，
长子维行，笃生武王。[6]
保右命尔，燮伐大商。[7]
殷商之旅，其会如林。[8]

文王开始备婚礼，迎娶莘国好姑娘。
莘国这位好姑娘，美如天上仙女样。
订婚之礼很吉祥，文王亲迎渭水旁。
联舟结成浮桥状，婚礼隆重显荣光。
上帝有命从天降，命令传达给文王，
在那京都和周邦。美女来自那莘国，
长女太姒要出嫁，生下武王好儿郎。
上帝保佑命武王，协同征伐那殷商。
殷商调动大军队，军旗如林气势强。

矢于牧野：“维予侯兴，	武王誓师在牧野：“我们才是兴盛邦，
上帝临女，无贰尔心！”[9]	上帝监视着你们，勿怀二心和妄想！”
牧野洋洋，檀车煌煌，	牧野无边地势广，檀木战车亮又光，
驷騵彭彭。[10] **维师尚父，**	驾车驷马好强壮。三军统帅姜太师，
时维鹰扬。[11] **凉彼武王，**	好像雄鹰在飞扬。督率大军佐武王，
肆伐大商，会朝清明。[12]	猛烈迅疾击殷商，一朝开创新气象。

注释

1 嘉止：指嘉礼，婚礼。大邦：大国，指莘国。

2 俔（qiàn）：如同，好比。妹：少女。

3 文定：订婚。文，礼，纳币之礼。祥：吉祥。

4 造舟为梁：连舟以成浮桥。不显：盛大的样子。不，通“丕”。

5 有：语首助词。

6 缵（zuǎn）：美好。维：是。莘（shēn）：莘国。长子：长女，指太姒。维行：即有行，出嫁的意思。笃：语首助词。

7 保右：保佑。命：命令。尔：之。燮（xiè）伐：协同征伐。

8 旅：军队。会：军旗。

9 矢：誓，誓师。维：发语词。予：我，我们。侯：乃，才。兴：兴盛。临：监视。女：通“汝”，指参加宣誓的士兵。

10 洋洋：广大无边的样子。檀车：用檀木做的兵车。煌煌：明亮耀眼的样子。驷騵：共驾一车的四匹赤毛白腹马。彭彭：强壮的样子。

11 师：太师。尚父：吕尚的尊称，俗称姜子牙。时：是。鹰扬：如鹰之飞扬，形容奋发勇猛。

12 凉：辅佐。肆伐：袭伐，疾伐。会朝：一朝，一旦。清明：指政治有法度、有条理。

绵

导读

这是一首歌颂周先祖太王古公亶父开国功业的诗。全诗共九章，以迁岐为中心展开铺排描绘。首章以绵延不断的瓜瓞起兴，喻周人生生不息、繁盛不已的历史。以后各章分别叙述了古公亶父率族迁岐、定宅治田、建屋筑庙，以及文王平虞芮之讼、受天命的事迹，反映了周人对生活的激情、对生命的热爱、对祖先的崇敬，具有史诗性质。在艺术上，诗歌时空交织，情景事相融，生活气息浓厚，诗意浓郁，感染力强。

绵绵瓜瓞[1]。民之初生，	大瓜小瓜结成串。周族人民初发端，
自土沮漆。[2]古公亶父，	杜水迁到漆水畔。太王古公亶父来，
陶复陶穴，未有家室。[3]	率民挖洞又掘窑，没有房屋洞中钻。
古公亶父，来朝走马[4]。	太王古公亶父来，清早策马急出发。
率西水浒，至于岐下。[5]	沿着河岸直向西，来到岐山山脚下。
爰及姜女，聿来胥宇。[6]	他与妻子名太姜，察看地基营造家。
周原膴膴，堇荼如饴。[7]	周原广平又肥沃，堇葵苦菜甘如饴。
爰始爰谋，爰契我龟。[8]	于是谋划与商议，刻龟占卜求吉利。
曰止曰时[9]，筑室于兹。	兆示此处宜居息，决定建屋在此地。
乃慰乃止，乃左乃右。[10]	于是安心住下来，于是布局西和东。
乃疆乃理，乃宣乃亩。[11]	于是划界整土地，于是开渠又修垄。
自西徂东，周爰执事[12]。	从西到东周原地，男女老少全劳动。

注释

1 绵绵：连续不断。瓞（dié）：小瓜。

2 民：指周族。土：从《齐诗》读“杜”，指杜水。沮：当作“徂”，到。漆：水名，渭水支流。

3 古公亶父：文王祖父，初居豳，后被戎狄侵略，迁居到岐山之下，定国号曰周。到武王伐纣定天下，追尊他为太王。陶：当作“掏”，挖掘。复：窑洞。穴：地洞。家室：房屋。

4 来朝：清早。走马：骑马疾走、驰逐。

5 率：沿着。浒（hǔ）：水边。岐下：岐山之下。

6 爰：于是，乃。及：偕同。姜女：姜氏之女，古公亶父之妻，也称太姜。聿（yù）：发语词，无实义。胥（xū）宇：察看可筑房屋的地基和方向。胥，察看。

7 周：地名，在岐山南，为周室发祥地。原：广而平的地方。膴膴（wǔ）：膏腴，肥沃。堇（jǐn）：植物名，花白色，带紫色条纹。全草可入药。荼（tú）：苦菜。饴（yí）：饴糖，用麦芽制成的糖。

8 始、谋：谋划。契：用刀刻。龟：指占卜所用的龟甲。

9 曰：发语词。止：居住。时：居住。

10 慰：居住。左、右：划定左右区域。

11 疆：划分田地的界限。理：整治土地。宣：疏通沟渠。亩：治理田垄。

12 周：普遍，全面。执事：从事工作。

乃召司空，乃召司徒，
俾立室家。[1] 其绳则直，
缩版以载，作庙翼翼。[2]
捄之陾陾，度之薨薨，
筑之登登，削屡冯冯。[3]
百堵皆兴，鼛鼓弗胜。[4]
乃立皋门，皋门有伉。[5]
乃立应门，应门将将。[6]
乃立冢土，戎丑攸行。[7]
肆不殄厥愠，亦不陨厥问。[8]
柞棫拔矣，行道兑矣。[9]
混夷駾矣，维其喙矣。[10]
虞芮质厥成，文王蹶厥生。[11]
予曰有疏附，予曰有先后，
予曰有奔奏，予曰有御侮。[12]

召来司空定工程，再召司徒配人丁，
使其开工建新房。绳墨拉得直又长，
竖起墙板筑土夯，兴建宗庙好端庄。
敛土盛土声腾腾，倒土填土声轰轰，
捣土夯土声登登，削土刮土声乒乒。
众多墙面齐动工，人声鼎沸赛鼓声。
于是建起大城门，城门高大又雄壮。
于是建起大正门，正门雄伟又堂皇。
于是建起大祭坛，众人祭神都前往。
虽未灭绝怨恨敌，文王声誉未损伤。
栎与白桵都拔尽，道路畅达通四方。
昆夷败北惊惶逃，一副疲困狼狈相。
虞芮争执已息平，文王感化其本性。
我有远者来亲附，我有良士佐国政，
我有奔走效力臣，我有良将御敌侵。

注释

1 司空：官名，掌管工程。司徒：官名，掌管国家的土地和调配劳力。俾（bǐ）：使。立：建筑。

2 绳：绳尺，绳墨。缩版：亦作“缩板”，以索束墙板。版，墙板。载：树立。庙：宗庙。翼翼：庄严雄伟的样子。

3 捄（jū）：盛土于筐。陾陾（réng）：筑墙声。度（duó）：投，填，将土填到墙板中。薨薨（hōng）：象声词，用来模拟填土声。筑：捣土使坚实。登登：敲击声。屡：通“娄”，土墙隆起的地方。削屡，将土墙隆起的地方刮平。冯冯（píng）：刮土墙声。

4 百堵：众多的墙。鼛（gāo）鼓：一种长一丈二尺的大鼓。在众人服力役的时候，要打起鼛鼓来催动工作。弗胜：胜不过。

5 皋门：古时王宫的外门。皋，通“高”。伉（kàng）：高大。

6 应门：古代王宫的正门。将将：高大雄伟的样子。

7 冢土：大社，天子祭神的地方。戎丑：大众。戎，大。丑，众。攸：所。

8 肆：虽然。殄（tiǎn）：尽，绝灭。厥：其。愠：怨恨。陨：丧失，失去。问：通“闻”，声誉。

9 柞棫（zuò yù）：栎与白桵树。拔：拔除干净。兑：畅通。

10 混夷：古种族名，西戎的一种。又作昆夷。駾（tuì）：马受惊奔跑。喙（huì）：气短疲困的样子。

11 虞芮：周初二国名。质：评断。成：平。虞芮质厥成，指虞芮两国平息纠纷，互相结好。蹶（guì）：动，感动。生：同“性”。

12 曰：句中助词，无实义。疏附：使疏远者亲附。先后：在王前后的辅佐之臣。奔奏：四方奔走喻德宣誉之臣。御侮：抵御外侮之臣。

生 民

导读

这是一首周人叙述其民族始祖后稷事迹并予以祭祀的诗。诗共八章。首章写后稷之母姜嫄的神奇受孕。二、三章写后稷的神奇诞生以及三弃三获救的灵异性。这几章写后稷的身世显现出神奇荒诞的气氛，很有吸引力。四至六章生动形象地描绘各种农作物的生长过程，体现出后稷在农业种植方面的特殊天赋和才能。末两章写后稷为了祈求来年能够丰收，创立了祀典。后四章富有浓郁的生活气息，纪实性强。全诗纯用赋法，叙事生动，除首尾两章外，各章都用“诞”字领起，格式严谨。而且本诗浪漫与纪实兼存，具有极大的艺术魅力。

厥初生民，时维姜嫄。[1]
生民如何？克禋克祀，
以弗无子。[2] **履帝武敏歆，**
攸介攸止。[3] **载震载夙，**
载生载育，时维后稷。[4]
诞弥厥月，先生如达。[5]
不坼不副，无灾无害，
以赫厥灵。[6] **上帝不宁，**
不康禋祀，居然生子。[7]
诞置之隘巷，牛羊腓字之[8]**。**
诞置之平林，会伐平林。[9]
诞置之寒冰，鸟覆翼之[10]**。**
鸟乃去矣，后稷呱矣[11]**。**
实覃实訏，厥声载路。[12]

周族始祖何人生？母亲是那姜嫄氏。
怎样生下周人来？虔诚祭天敬上帝，
祓除不孕求子嗣。踩了上帝拇指迹，
神灵保佑总吉利。姜嫄怀孕严守礼，
生下孩子育成器，便是始祖名后稷。
十月已满到产期，头胎生子很顺利。
产门完好生子易，无灾无害母子吉，
显出灵异与神奇。上帝安然享禋祭，
安享禋祭心欢喜，结果平安产贵子。
把他丢在窄巷里，牛羊喂养和护庇。
把他丢在树林中，适逢樵夫又救起。
把他放在寒冰上，大鸟遮护用羽翼。
大鸟后来飞走了，后稷这才呱呱啼。
哭声又长又洪亮，声音满路人称奇。

诞实匍匐，克岐克嶷，
以就口食。[13] **蓺之荏菽，**
荏菽旆旆。[14] **禾役穟穟，**
麻麦幪幪，瓜瓞唪唪。[15]

后稷才会地上爬，就能抬腿站得正，
觅食吃饱有本领。不久就能种大豆，
豆苗茁壮很繁盛。种出谷子穗头垂，
麻麦茂盛叶儿青，瓜儿累累布蔓藤。

注释

1 厥初：其初。生民：诞生周人的始祖。时：是。姜嫄：周人始祖后稷之母，帝喾之妻。

2 克：能够。禋祀：古代祭天的一种礼仪，先燔柴升烟，再加牲体或玉帛于柴上焚烧。弗：通“祓”，用斋戒沐浴等方法除灾求福。弗无子，除去无子的不祥。

3 履：践踏。武敏：足迹的拇指印。歆：心有所感的样子。攸：语气助词，无实义。介：通“祄”，福佑。止：通“祉”，神降福。

4 载：语气助词，无实义。震：通“娠”，怀孕。夙：肃敬，严肃。生：分娩。育：哺育。

5 诞：发语词。弥：满。厥：其。先生：始生子，第一胎。达：一说滑利。一说小羊。小羊为达，生如达之生，形容极易。

6 坼（chè）：裂开。副（pì）：剖开，裂开。赫：显示。

7 不：丕。不宁，丕宁，大宁。不康，丕康，大康。居然：安然。

8 腓（féi）：庇护。字：哺乳养育。

9 平林：平原上的林木。会：适逢，恰逢。

10 覆翼：用翅膀遮蔽、保护。

11 呱（gū）：婴儿哭声。

12 实：是。覃（tán）：长，悠长。讦（xū）：大。载路：满路。

13 匍匐：手足着地爬行。岐：通“跂”，抬起脚跟。嶷（yì）：通“仡”，站得稳而正。就：求。口食：食物。

14 蓺（yì）：种植。荏菽（rén shū）：大豆。旆旆（pèi）：茂盛的样子。

15 禾役：禾穗。役，通“颖”。穟穟（suì）：禾穗成熟下垂的样子。幪幪（měng）：茂盛的样子。瓞（dié）：小瓜。唪唪（běng）：结实累累的样子。

诞后稷之穑，有相之道。[1]
茀厥丰草，种之黄茂。[2]
实方实苞，实种实褎，
实发实秀，实坚实好，
实颖实栗。[3] **即有邰家室**[4]**。**

后稷耕田种地忙，助长五谷有门道。
拔去茂密的杂草，优质良种播种早。
种籽渐白绽新芽，禾苗蹿出渐长高，
禾茎拔节穗结实，谷粒饱满成色好，
禾穗沉沉产量高。定居邰地乐陶陶。

诞降嘉种：维秬维秠，
维穈维芑。[5] 恒之秬秠，
是获是亩。[6] 恒之穈芑，
是任是负，以归肇祀。[7]
诞我祀如何？或舂或揄，
或簸或蹂。[8] 释之叟叟，
烝之浮浮。[9] 载谋载惟，
取萧祭脂。[10] 取羝以軷，
载燔载烈，以兴嗣岁。[11]
卬盛于豆，于豆于登，
其香始升。[12] 上帝居歆，
胡臭亶时。[13] 后稷肇祀，
庶无罪悔，以迄于今。[14]

上天仁慈赐良种：既有秬秠两黑黍，
又有红苗白苗谷。秬子秠子遍地生，
收割之后堆垄亩。穈子高粱遍地生，
扛着背着运回家，归来忙着祭先祖。
祭祀场面什么样？舂谷舀米着实忙，
然后搓米又扬糠。淘米叟叟声音响，
蒸饭热气向上扬。仔细考虑齐商量，
香蒿牛脂味芬芳。牵来公羊祭路神，
又烧又烤香气漾，祈求来年更兴旺。
我把祭肉盛碗中，木碗瓦盆都用上，
它那异香升屋梁。上帝安然来受享，
祭品气味确实香。后稷开创祭祀礼，
蒙神保佑无灾殃，至今仍是这个样。

注释

1 穑：耕种五谷。相：助禾苗生长。道：方法。

2 茀（fú）：拔除，清除。丰草：茂密的草。黄茂：丰美的谷物。

3 实：是。方：谷种开始露白。苞：谷种吐芽，苗将出未出时。种：谷种生出短苗。褎（yòu）：禾苗渐渐长高。发：指禾茎舒发拔节。秀：禾初生穗结实。坚：指谷粒灌浆饱满。好：颜色美好。颖：指禾穗末梢下垂。栗：收获众多的样子。

4 即：往，到。有邰：古国名，姜姓，炎帝之后。周代后稷母姜嫄，为有邰氏女。故址在今陕西武功。有，词头。

5 降：赐给，给予。秬（jù）：黑黍。秠（pī）：一种黑黍，一壳二米。穈（mén）：谷的一种，初生时叶纯赤，生三四叶后，赤青相间，七八叶后，色始纯青。芑：一种白苗的高粱。

6 恒：普遍。获：收割庄稼。亩：堆在田里。

7 任：挑起。负：背起。归：运回去。肇：开始。

8 舂（chōng）：把东西放在石臼或乳钵里捣掉皮壳或捣碎。揄（yóu）：从臼中将舂好的米舀出。簸：用簸箕颠动米粮，扬去糠秕和灰尘。蹂：通“揉”，用手来回擦或搓。

9 释：淘米。叟叟：淘米声。烝：通“蒸”，用蒸汽加热。浮浮：热气上升的样子。

10 载：则。谋：计划。惟：思考，考虑。萧：香蒿。脂：牛油。

11 羝：公羊。軷（bá）：祭祀路神。燔：火烧烤整只牲畜。烈：将肉或别的东西穿起来架在火上烤熟。兴：兴旺。嗣岁：来年，新岁。

12 卬（áng）：代词，表示第一人称，我。豆：古代盛肉或其他食品的器皿，形状像高脚盘。登：陶制食器，盛肉用。

13 居歆：安然享用。胡臭：浓重的芳香气味。胡：大。亶（dǎn）时：确实好。

14 肇：开创。庶：幸。

公　刘

导读

这是一首歌颂公刘由邰迁到豳，开疆创业的诗。诗共六章，章十句，均以“笃公刘”发端，表达了对公刘的赞叹之情。首章写公刘率民出发前的准备，后几章依次写到达豳地后划分疆域、勘察地形、测量土地以定种植、居住、养殖等事情，在人物行动中展示了当时的社会风貌。另外，诗歌在具体的场景中刻画了公刘这一人物形象，他深谋远虑，有杰出的领导才能，深受人民的爱戴和敬仰。

笃公刘，匪居匪康。[1]
乃埸乃疆，乃积乃仓。[2]
乃裹糇粮，于橐于囊。[3]
思辑用光，弓矢斯张。[4]
干戈戚扬，爰方启行。[5]
笃公刘，于胥斯原[6]。
既庶既繁，既顺乃宣，
而无永叹。[7] 陟则在巘[8]，
复降在原。何以舟之？
维玉及瑶，鞞琫容刀。[9]
笃公刘，逝彼百泉，
瞻彼溥原。[10] 乃陟南冈，
乃觏于京[11]。京师之野，
于时处处，于时庐旅。[12]
于时言言，于时语语。[13]
笃公刘，于京斯依[14]。

诚实厚道的公刘，不图安逸享安康。
整治田地划田疆，粮食堆满内外仓。
远行前夕备干粮，装进小袋和背囊。
人民和睦争荣光，良弓利箭齐武装。
盾戟斧钺拿手上，开始起程去远方。
诚实厚道的公刘，前往平原视察忙。
百姓众多紧跟随，民心归顺心舒畅，
没有悲伤和长叹。观察地势上山岗，
转眼下到平原上。身上佩戴为何物？
美玉美石真漂亮，玉饰刀鞘明晃晃。
诚实厚道的公刘，前往汪汪泉水旁，
视察平原宽又广。于是登上南山冈，
发现豳是好地方。京城郊外好肥沃，
在此定居造新房，宾馆旅舍也照样。
又说又笑喜洋洋，又笑又说闹嚷嚷。
诚实厚道的公刘，定居京师以生息。

跄跄济济，俾筵俾几。[15] 群臣众多有威仪，延请他们入宴席。
既登乃依，乃造其曹[16]。 坐席依几安排毕，先把猪神来拜祭。
执豕于牢，酌之用匏。[17] 圈里捉猪做佳肴，匏樽斟酒礼数齐。
食之饮之，君之宗之[18]。 酒醉饭饱皆欢喜，共推公刘主社稷。

注释

1 笃：忠实厚道。公刘：古代周族的领袖，传为后稷的曾孙。他迁徙豳地定居，不贪享受，致力于发展农业生产。匪：不。居、康：安康，安乐。

2 埸（yì）：田界。疆：划分田地的界限。积：露天堆积粮食的地方。仓：收藏谷物的仓库。

3 糇（hóu）粮：干粮。橐（tuó）、囊：盛粮食的口袋。小而有底曰橐，大而无底曰囊。

4 思：发语词，无实义。辑：和，和睦。用：以。光：光荣。斯：语气助词。张：准备好。

5 干：盾牌。戈：平头戟。戚：古代兵器，像斧。扬：钺，像斧，比斧大。爰：于是。方：始。启行：动身，起程，出发。

6 胥：察看。斯原：这里的原野。

7 既：太，甚。庶、繁：众多。顺：民心归顺。宣：舒畅。永叹：长久叹息。

8 陟：登高。巘（yǎn）：小山。

9 舟：佩戴。瑶：似玉的美石。鞞（bǐng）：刀鞘。琫（běng）：刀鞘上的装饰物。容刀：做装饰品用的佩刀。

10 逝：往。百泉：泉水多的地方。瞻：视察。溥：广大。

11 觏（gòu）：看见。京：指豳的地名。

12 京师：京城。野：郊外。于时：于是，在此。处处：定居，安居。庐旅：即旅旅，寄居。

13 言言：欢言。语语：笑语。

14 斯：是。依：定居。

15 跄跄济济：形容步趋有节，多而整齐的样子。俾：使。筵：铺在地上供人坐的垫底的竹席。几：席地而坐时有靠背的坐具。

16 造：告祭。曹：祭猪神。

17 牢：养猪的圈。酌：斟酒。匏：葫芦的一种，一分为二地剖开，可作酒器。

18 君、宗：推为君主、族主。

笃公刘，既溥既长。	诚实厚道的公刘，开垦地头广又长。
既景乃冈，相其阴阳，	既测日影又上山，观察山冈阴和阳，
观其流泉。[1] 其军三单，	查明水源和流向。组织军队分三班，
度其隰原，彻田为粮。[2]	低湿之地测量好，开垦田地来种粮。
度其夕阳，豳居允荒。[3]	又到山西去测量，豳地确实大又广。
笃公刘，于豳斯馆[4]。	诚实厚道的公刘，豳原之地扩宫室。
涉渭为乱，取厉取锻。[5]	横流渡过那渭水，取来砺石和锻石。
止基乃理，爰众爰有。[6]	基地既定治田地，富庶民众纷沓至。
夹其皇涧，溯其过涧。[7]	皇涧两岸人住下，面向过涧很舒适。
止旅乃密，芮鞫之即。[8]	定居寄居人口密，芮鞫两岸户滋殖。

注释

1 景："影"的本字，根据日影测定方位。冈：登上山冈察地形。相：观察。阴阳：指山之南北。山南为阳，反之为阴。

2 三单（dān）：周代分军为三，以一军服役，他军轮换。单，轮流值班。度：测量。隰（xí）原：低湿之地。彻田：垦治田地。

3 夕阳：山的西面。允：确实，果真。荒：广大。

4 馆：营建宫室房舍。

5 渭：水名，源出甘肃省，流入陕西省，会泾水入黄河。为：而。乱：横流而渡。取：采取。厉："砺"的本字，磨刀石。锻：锤物的大石。

6 止：既。基：基地。理：治理。众、有：形容人多且富有。

7 皇涧：涧名，源出甘肃省，西南流入泾河。溯：面向。过涧：涧名。

8 止：居住，栖息。旅：寄居。密：密集，众多。芮（ruì）鞫（jū）：指水湾。水湾之内称芮，水湾之外称鞫。之：是。即：就。

江 汉

注释

这是一首以周宣王命召穆公召虎平定淮夷一事为叙写内容的诗。诗凡六章，章八句。首两章言南征之军的浩大声势和平淮之叛夷的出师目的。三至五章倒叙征前宣王隆重的策命之礼及对召虎的殷切勉励。末章写平淮凯旋，王命受赏，召虎铭恩纪功，颂扬天子。此诗“后半专叙王命及召公对扬之词”，在体式上与程式化铭文格式相近为其主要特色。

江汉浮浮，武夫滔滔。[1]	长江汉水起波浪，众多武士多勇壮。
匪安匪游，淮夷来求。[2]	不为安逸和游乐，讨伐淮夷士气昂。
既出我车，既设我旟。[3]	已经出动我兵车，竖起军旗迎风扬。
匪安匪舒，淮夷来铺[4]**。**	不为安逸和舒畅，讨伐淮夷令其降。
江汉汤汤，武夫洸洸。[5]	长江汉水浩荡荡，武士果敢又雄壮。
经营四方[6]**，告成于王。**	经略营谋定四方，战事成功告我王。
四方既平，王国庶定[7]**。**	四方战乱已平定，王国安定国运昌。
时靡有争，王心载宁。[8]	这样平静无战事，周王心宁意安详。
江汉之浒，王命召虎[9]**：**	长江汉水边岸处，周王命令召伯虎：
“式辟四方，彻我疆土。[10]	“努力开辟四方境，认真治理我疆土。
匪疚匪棘，王国来极。[11]	没有忧病和急患，王国依则来佐辅。
于疆于理，至于南海。[12]**”**	划分田界治土地，延至南海才止步。”
王命召虎，来旬来宣[13]**：**	周王命令召伯虎，速宣王命并广布：
“文武受命，召公维翰[14]**。**	“文王武王受天命，你祖召公为国柱。
无曰予小子，召公是似。[15]	莫说为了我缘故，召公遗烈要承续。
肇敏戎公，用锡尔祉。[16]**”**	尽心竭力建大功，因此赐你大福禄。”

注释

1 江：长江。汉：汉水。浮浮：众多强大的样子。武夫：武士，勇士。滔滔：形容大水奔流的样子。

2 匪：通“非”。淮夷：古代居于淮河流域的部族。来：语气助词，含有“是”之义。求：诛求，讨伐。

3 出我车：出动兵车。设：竖起。旟（yú）：画着鸟隼的军旗。

4 铺：陈师以伐之。一说止，停止在淮夷的土地上。

5 汤汤（shāng）：水势浩大、水流很急的样子。洸洸（guāng）：坚决勇敢的样子。

6 经营：规划营治。

7 庶：庶几。

8 靡：无。载：则。

9 召虎：召伯，姓姬名虎，封于召国，亦称召穆公。周初召公奭之后。周厉王、宣王、幽王时的大臣。

10 式：发语词，无实义。辟：开辟。彻：治。

11 疚：病。棘：通“急”。极：准则。

12 于（前两个）：于是。疆：划分田地的界限。理：治理土地。南海：泛指南方近海之地。

13 旬：通“徇”，当众宣示。

14 召公：召虎之先祖召公奭，姬姓，封于召，助武王灭商有功。翰：通“干”，草木的茎干，引申为骨干。

15 无曰：你不要说。予小子：宣王自称。似：通“嗣”，继承，嗣续。

16 肇敏：尽心竭力。戎：大。公：即“工”。用：以。锡：赐。祉：福禄。

“厘尔圭瓒，秬鬯一卣。[1]	“隆重赐你玉圭瓒，还有黑黍酒一壶。
告于文人，锡山土田。[2]	祭告文德昭著祖，赐你山田和沃土。
于周受命，自召祖命[3]**。”**	前往岐周受封祜，仪式按照你先祖。”
虎拜稽首[4]**，“天子万年！”**	召虎叩头来拜谢，“大周天子万年福！”
虎拜稽首，对扬王休[5]**。**	召虎叩头来拜谢，答谢颂扬王美意。
作召公考[6]**，天子万寿！**	特铸青铜召公簋，祝颂天子寿无期！
明明天子，令闻不已。[7]	勤勉从公周天子，美名流播不停息。
矢其文德，洽此四国。[8]	施行礼法文治德，协和四方有功绩。

注释

1 厘（lài）：赐。圭瓒：古代的一种玉制酒器，形状如勺，以圭为柄，用于祭祀。秬鬯（jù chàng）：古代以黑黍和郁金香草酿造的酒，用于祭祀降神及赏赐有功的诸侯。卣（yǒu）：有柄的酒壶。

2 告：告祭。文人：先祖之有文德者。锡：赐。

3 自：用。召祖：召虎的祖先，指召公奭。命：册命的典礼。

4 稽首：一种跪拜礼，叩头至地，是九拜中最恭敬者。

5 对扬：答谢，颂扬。休：美好。此指美好的赏赐册命。

6 考：通“簋”（guǐ），古代盛食物的器具，圆口，双耳。一说拜答时用召康公受命的颂词。

7 明明：勤勉。令闻：美好的声誉。

8 矢：通“施”，施行。洽：协和。

常武

导读

这是一首尚武之歌，赞美周宣王亲征徐国，平定叛乱，凯旋而归。诗凡六章，章八句。首两章叙史实，写宣王委任将帅并部署备战。三至五章，写宣王亲征进击徐夷。从声威、列阵、阵容等方面突显崇尚武力之旨意。末章写王师凯旋。全诗叙事井然有序，结构完整。第五章尤为精彩，串联比喻、排比，技巧娴熟，令人叹服。

赫赫明明，王命卿士，
南仲大祖，大师皇父。[1]
整我六师，以修我戎。[2]
既敬既戒，惠此南国。[3]
王谓尹氏，命程伯休父，
左右陈行，戒我师旅。[4]
率彼淮浦，省此徐土。[5]
不留不处，三事就绪。[6]
赫赫业业，有严天子，
王舒保作。[7]**匪绍匪游，**
徐方绎骚。[8]**震惊徐方，**
如雷如霆，徐方震惊。
王奋厥武[9]**，如震如怒。**
进厥虎臣，阚如虓虎。[10]
铺敦淮濆，仍执丑虏。[11]
截彼淮浦，王师之所。[12]
王旅啴啴，如飞如翰，
如江如汉。[13]**如山之苞**[14]**，**
如川之流。绵绵翼翼，
不测不克，濯征徐国。[15]
王犹允塞[16]**，徐方既来。**
徐方既同[17]**，天子之功。**

多么威严和英明，王命卿士去出征，
太祖庙中召南仲，太师皇父也同行。
整顿六军待命令，积极备战修甲兵。
加强警戒不放松，恩惠延至南国境。
周王诏告尹吉甫，吉甫令程伯休父，
左右列队排列好，临战告诫我师旅。
率领军队到淮浦，巡视徐国边境土。
杀其祸首安其民，三卿安心司职务。
多么高大和雄壮，威重庄严周宣王，
徐缓前行不慌张。不为游乐和舒畅，
徐国阵容自惊慌。王师神威震徐方，
犹如雷霆气势强，徐国君臣惊惶惶。
周王奋发以耀武，如击雷霆如发怒。
勇猛武士先开路，咆哮怒吼如猛虎。
陈兵屯驻淮水岸，就此擒获众俘虏。
截断敌方在淮浦，这是王师征服处。
人多势众王师强，迅疾如鸟高高翔，
声势浩大如汉江。如山环绕可依傍，
如水奔腾相击荡。军队连绵又整齐，
不可克胜不可量，大军讨徐不可挡。
周王谋略确诚信，徐国已经来归从。
徐国臣服成一统，这当归于天子功。

四方既平，徐方来庭[18]。	四方邦国已平定，徐国入觐上朝庭。
徐方不回[19]，**王曰还归**。	徐国不敢违王命，王说回朝返镐京。

注释

1 赫赫：威严的样子。明明：英明的样子。卿士：周王朝的执政大臣。南仲：人名，周宣王时卿士。大祖：太祖庙。大师：即太师，三公之最尊者。

2 六师：周天子所统六军之师。戎：兵器。

3 敬：警戒。惠：施恩。南国：南方诸国。

4 尹氏：掌卿士之官。一说尹吉甫。程伯休父：人名，周宣王时大司马。陈行：列队。戒：告诫。师旅：军队。

5 率：循，沿着。淮浦：淮水边。省：巡视。徐土：指徐国。

6 不：语气助词，无实义。留：通“镏”，杀。处：安处。三事：三公，三卿。就绪：安心从事其本业。

7 业业：高大雄壮的样子。有严：即“严严”，威重庄严的样子。舒：徐缓。保作：安行。

8 匪：非。绍：缓。徐方：徐国。绎骚：骚动，扰动。

9 奋：奋发，扬起。厥：其。

10 进：进军。虎臣：如猛虎般的武士。阚（hǎn）如：阚然，虎怒的样子。虓（xiāo）虎：咆哮怒吼的虎，多用来比喻勇士猛将。

11 铺敦：陈兵屯驻。濆（fén）：水之大防、高岸。仍：因。执：捉。丑虏：对俘虏的蔑称。

12 截：绝。浦：水滨。所：处所，地方。

13 啴啴（tān）：人多势众的样子。翰：高飞。一说鸟名。

14 苞：通“包”，包裹，怀抱，引申为攒聚。

15 绵绵：连续不断的样子。翼翼：整齐的样子。不测：不可估量、测度。不克：不可胜。濯：大。

16 犹：通“猷”，谋略，谋划。允：确实，果真。塞：诚实。

17 同：一致，一统。

18 来庭：来朝，朝觐天子。

19 回：违背。

瞻 印

导读

这是一首讽刺周幽王宠幸褒姒、斥逐贤良，以致乱政祸民、国运濒危的诗。诗凡七章，章十句或八句。首章直斥上天，总言祸乱。第二章以两“反”两“覆”形容混乱、颠倒的朝政。第三章揭露“哲妇”“长舌”类女宠是致祸的根源。第四章斥责褒姒进谗，干预朝政，祸国殃民。第五、六章抒发幽王听信谗言，忌贤用佞，以致贤人远离朝堂的悲愤之情。末章自伤生于乱世，以劝诫幽王改悔作结。诗歌感情浓烈，言辞凄楚激越，塑造了一位悯时忧国的诗人形象，具有极强的艺术魅力。

瞻卬昊天，则不我惠。[1]	仰望苍天心悲哀，老天对我不惠爱。
孔填不宁，降此大厉。[2]	人间长久不安宁，降下如此大灾害。
邦靡有定，士民其瘵。[3]	国家没有安定时，士民贫病实难耐。
蟊贼蟊疾，靡有夷届。[4]	好比庄稼受虫灾，没完没了真无奈。
罪罟不收，靡有夷瘳。[5]	刑罪之网不收起，民生疾苦无人睬。
人有土田，女反有之[6]**。**	别人有了肥沃田，你却贪婪去侵占。
人有民人，女覆夺之[7]**。**	别人有了众家口，你却无耻去夺占。
此宜无罪，女反收之[8]**。**	这位本是无辜者，你却拘他如罪犯。
彼宜有罪，女覆说之[9]**。**	那位本是有罪人，你却开脱无忌惮。
哲夫成城，哲妇倾城。[10]	男子多谋能兴邦，妇人多谋致祸乱。
懿厥哲妇，为枭为鸱。[11]	唉呀那个聪明妇，如同枭鸟鹞鹰般。
妇有长舌，维厉之阶[12]**。**	她有长舌善谮言，正是祸乱的根源。
乱匪降自天[13]**，生自妇人。**	大乱并非降自天，只因此妇工于谗。
匪教匪诲，时维妇寺。[14]	君王听不进劝谏，唯此内侍话是瞻。
鞫人忮忒，谮始竟背。[15]	害人不断多变诡，谗言首尾相违背。
岂曰不极？伊胡为慝！[16]	难道凶狠还不够？为何作恶不知悔！
如贾三倍，君子是识。[17]	如同商人获厚利，君子察其心术微。
妇无公事，休其蚕织。[18]	妇人不做分内事，纺织蚕桑都停废。

注释

1 瞻卬（yǎng）：瞻仰。卬，通“仰”。昊（hào）天：苍天。惠：爱。

2 孔：很。填：通“尘”，长久。大厉：大恶，大祸害。

3 靡：无。士民：士人与平民。瘵（zhài）：病。

4 蟊（máo）：吃苗根的害虫。贼、疾：害。夷届：终止，止息。

5 罪罟（gǔ）：刑罪之网。罟，网。夷瘳（chōu）：疾病平复痊愈，比喻生民疾苦的解除。

6 女：通“汝”，你。有：占有。

7 民人：人民，百姓。覆：反。

8 宜：应当，应该。收：逮捕，拘押。

9 说：通“脱”，解脱，赦免。

10 哲夫：足智多谋的男子。成城：兴邦。哲妇：多谋虑的妇人。倾城：倾覆国家。

11 懿：通“噫”，叹词。厥：其，那个。为：是。枭：猫头鹰。鸱：鹞鹰。

12 阶：因由。

13 匪：非，不可。

14 教、诲：教导。寺：通“侍”，内侍。

15 鞫（jū）：穷尽。忮（zhì）：害。忒（tè）：变。谮（zèn）：进谗言。竟：终。背：违背。

16 曰、伊：语气助词，无实义。极：狠。胡：为何。慝（tè）：恶，错。

17 贾（gǔ）：商人。三倍：获取多倍或三倍利润。三，虚数，多数之称。或为实数。君子：在朝执政者。识：知。

18 公事：即功事，指妇女所从事的纺织蚕桑之事。休：停止。

天何以刺？何神不富？[1]	上天为何把罪究？神明为何不福佑？
舍尔介狄，维予胥忌。[2]	放纵大奸和大恶，却把忠良视若仇。
不吊不祥，威仪不类。[3]	人们遭难不恤问，仪容举止常出丑。
人之云亡，邦国殄瘁。[4]	贤良之人都离去，邦国危难令人忧。
天之降罔，维其优矣。[5]	上天降下刑罪网，它们繁多又重厚。
人之云亡，心之忧矣。	贤良之人都离去，邦国危难令人忧。
天之降罔，维其幾矣[6]**。**	上天降下刑罪网，它们危殆又急骤。
人之云亡，心之悲矣。	贤良之人都离去，我心悲伤无尽愁。
觱沸槛泉[7]**，维其深矣。**	泉水喷涌四处流，只因源头很深幽。
心之忧矣，宁自今矣[8]**？**	我心如煎好忧愁，难道只是始今秋？
不自我先，不自我后。	恶政不在我身前，也不实施我身后。
藐藐昊天，无不克巩[9]**。**	高远深邃的苍天，万物受控于他手。
无忝皇祖，式救尔后。[10]	不要辱没祖先名，悔过才能救子幼。

注释

1 刺：指责，责备。富：福佑。

2 介狄：披甲的夷敌。介，甲。一说大。维：只。胥：相。忌：忌恨。

3 吊：慰问，抚恤。威仪：仪容举止。类：善。

4 人：贤良之人。云：语气助词，无实义。亡：逃亡。殄（tiǎn）瘁：困病，忧病。

5 降罔：加人罪名。罔，同“网”，罪网。优：厚，多。

6 幾：危。

7 觱（bì）沸：泉水涌出的样子。槛泉：喷涌四流之泉。槛，通“滥”，泛滥。

8 宁：岂，难道。

9 克：能。巩：巩固，指约束控制。

10 无：勿。忝：辱没，有愧于。式：用。救：挽救。

诗经·颂

周颂

清 庙

导读

这是周统治者歌颂文王的诗。周文王姬昌，商纣时为西伯，是一位很有作为的君主，他在位五十年间，勤于政务，重视农耕，同时，他也是一位胸怀宽广、道德高尚的君王，他礼贤下士，广纳贤才，德被西岐。西岐在周文王的治理下，国力日渐强盛，他在位期间，虽然没有完成统一中原的大业，但却为他的儿子周武王伐纣灭商奠定了结实的基础。“对越在天，骏奔走在庙”，祭祀者们敏捷而有序地穿梭于庙堂，从他们忙碌的身影可以看出对这次祭典的重视。“济济多士，秉文之德”，参加祭祀典礼的都是能人贤士，他们面容恭敬安详，举止端庄典雅，可见周文王在人们心中的地位是神圣而崇高的。怀着对文王的感恩与崇敬之情，人们由衷地赞美、歌颂他，并将永远铭记他的盛德。

於穆清庙[1]**，肃雍显相**[2]。
济济多士[3]**，秉文之德**[4]。
对越在天[5]**，骏奔走在庙**[6]。
不显不承[7]**？无射于人斯**[8]。

啊，那庄严肃静的宗庙，助祭公卿多么严敬安详。济济一堂的众多贤士，都秉承着文王的高尚。为称颂文王在天之灵，积极地奔走于庙堂。光荣地继承着文王的盛德，人们永远不会将他遗忘。

注释

1 於（wū）：感叹词，表示感叹、赞美的语气。穆：庄严肃穆的样子。
2 肃雍：态度严敬和顺。显：显赫。相：助祭的公侯。
3 济济：众多。多士：参加祭典的人。
4 秉：持。文之德：周文王的美德。
5 对越：报答。
6 骏：快速。
7 不：语气助词。显：光荣。
8 无射（yì）：没有厌弃。

噫 嘻

导读

这是一首藉田礼上的颂歌，写的是周成王亲躬田间、督促农夫、告诫农官。本篇侧重描写了藉田典礼的后部分，即周王率领群臣，亲耕劝农。从诗叙述的内容来看，前四句写成王祷告上苍，沟通神灵之后，举行藉田之礼。后四句写成王直训农官，率领农夫播种百谷，开始全面耕作。本诗虽语言朴实，篇幅短小，但气势宏大，如“十千维耦”便描绘出一幅万人齐心耕种的壮大景象。本诗提供了窥视周初礼仪典制与农业生产状况的窗口，具有重要文学价值的同时，还具有较高的史料价值。

噫嘻成王[1]**，既昭假尔**[2]**。** 成王祷告声叹息，一片虔诚在内心。
率时农夫[3]**，播厥百谷**[4]**。** 率领农夫齐下地，播种百谷事躬亲。
骏发尔私[5]**，终三十里**[6]**。** 农耕用具快开启，下地耕耘三十里。
亦服尔耕[7]**，十千维耦**[8]**。** 从事耕作须努力，万人耦耕齐同心。

注释

1 噫嘻：叹词，表示叹息。
2 昭：明。假：通“格”，至。
3 时：通“是”，此。
4 厥：其。
5 骏：赶快。发：启动。私：耜，原始翻土农具。
6 终：尽。三十里：在这里指农官的私田。
7 服：从事。
8 十千：一万人。耦（ǒu）：两个人在一起耕地。

丰 年

导读

这是丰收之后祈天祭祖的乐歌。《毛诗序》曰：“《丰年》，秋冬报也。”报，就是指秋祭和冬祭。每年秋收之后直至冬天，周王朝都会举行一系列大规模的祭祀活动，报答神明祖宗，祈求来年丰收，丰年的报祭活动则更是盛大。丰收之年，谷物堆满粮仓，在丰收的喜悦中，人们用新粮酿造的美酒进献祖宗，在周人的观念里，先人们也能同他们一样感受到这片丰收的喜悦。同时以美酒祭享天帝群神，既是对神灵已赐恩德的报答，也是对来年好收成的祈求。在诗中所渲染的喜庆气象中，我们看到了周人沟通天地、人神和睦相处的融洽画面。

丰年多黍多稌[1]**，亦有高廪**[2]**，**	丰年谷物堆更高，我们建好大粮仓，
万亿及秭[3]**。为酒为醴**[4]**，**	亿万谷粮来储藏。新米酿酒杯千觞，
烝畀祖妣[5]**，以洽百礼**[6]**，**	献给祖先来品尝，配合祭典齐献上，
降福孔皆[7]**。**	神灵赐福降吉祥。

注释

1 黍：小米。稌（tú）：稻子。

2 高廪：高大的粮仓。

3 万亿：周代以十千为万，以十万为亿，以十亿为秭。秭（zǐ）：古代数目名，十亿。

4 醴：甜酒。

5 烝（zhēng）：进献。畀（bì）：给予。祖妣：男女祖先。

6 洽：配合。百礼：祭祀典礼上的各种仪式。

7 孔：很。皆：普遍。

载 芟

导读

这是周王藉田时祭祀社稷（土神、谷神）的乐歌。农业是周民生存发展的根基，周天子故然对其格外重视，每年春耕时节天子都要举行藉田礼，祭祀社稷神，亲劝农耕。诗前四句描写的是开垦的情景：除草、砍树、松土，千万农人遍布田野各处，映入眼帘的是集体生产的画面。接下来的六句写男女老少全体出动参加春耕。强壮的青年，温顺的妇女，耕作声，吃饭声，交汇成一幅生动的图景。周朝实行的是以国有为名的贵族土地所有制，全部土地归周王所有，分配给庶民使用，领主不得买卖和转让土地，定时缴纳一定的贡赋，庶民们每年都要在领主的大田上进行集体耕种，这种土地分配制度在诗句中也反映出来了。第十一到十八句写播种百谷和谷物生长。选取优良的种子，精耕细作，禾苗当然越长越茂，谷穗当然又沉又长，看着这生机勃勃的景象，农民们心里充满了喜悦与期望。这是诗的第一部分。诗的第二部分展望秋收，写谷物获丰，堆满粮仓，在丰收的喜悦中，人们用新粮酿造的美酒进献祖宗，报答神明，祝福老人，语中尽是自豪之情，举目尽是和乐之景。本诗描写了从春耕到秋收的情景，涉及内容广，全面记录了周代的农事活动，生动反映了周代的农业生活，极具文学价值，还具有很高的史料价值。

载芟载柞[1]**，其耕泽泽**[2]**。**	开始除草又伐木，下田垦地又松土。
千耦其耘[3]**，徂隰徂畛**[4]**。**	千万农夫齐耕耘，前往洼地与小路。
侯主侯伯[5]**，侯亚侯旅**[6]**，**	田主携同长子来，子弟后辈跟一路，
侯强侯以[7]**。有嗿其馌**[8]**，**	壮汉雇佣握农锄。田间吃饭声音响，
思媚其妇[9]**，有依其士**[10]**。**	美丽温柔好姑娘，年轻小伙真强壮。
有略其耜[11]**，俶载南亩**[12]**。**	犁头锋利闪锐光，开始耕田地向阳。
播厥百谷，实函斯活[13]**。**	百谷种子齐撒上，颗粒饱满有亮光。
驿驿其达[14]**，有厌其杰**[15]**。**	芽儿破土生气旺，新苗嫩绿真漂亮。
厌厌其苗[16]**，绵绵其麃**[17]**。**	禾苗茁壮长势好，谷穗茂密随风扬。
载获济济[18]**，有实其积**[19]**，**	收获满满谷物多，硕果成堆储满仓，
万亿及秭[20]**。**	亿万谷粮难计量。
为酒为醴[21]**，烝畀祖妣**[22]**，**	新米酿酒杯千觞，献给祖先来品尝，
以洽百礼[23]**。有飶其香**[24]**，**	配合祭典齐献上。祭品美味飘其香，
邦家之光。有椒其馨[25]**，**	为我周邦添荣光。椒酒进奉诚祭享，
胡考之宁[26]**。匪且有且**[27]**，**	祈佑老人享安康。并非此时才这样，
匪今斯今，振古如兹[28]**。**	亦非今年始开创，自古就有这风尚。

注释

1 载：开始。芟（shān）：除草。柞（zé）：砍伐树木。

2 泽泽（shì）：通“释释”，土松散的样子。

3 耦：两人一起耕种叫作耦。耘：除草。

4 徂：往。隰（xí）：低湿的地方。畛（zhěn）：田地间的小路。

5 侯：句首语气助词，相当于“维”。主：一家或一国之长，这里指家主。伯：长子。

6 亚：第二，这里指老二老三等。旅：幼小晚辈。

7 强：强壮有余力的人。以：雇佣。

8 嗿（tǎn）：众人吃东西的声音。馌（yè）：给在田间耕作的人送饭。

9 思：句首语气助词。媚：美好。

10 依：壮盛的样子。士：指强壮的小伙子。

11 略：形容犁头锋利的样子。耜（sì）：犁头。

12 俶（chù）：开始。载：翻草。南亩：向阳的田地。

13 实：种子。函：包含，此指被泥土覆盖。活：生气勃勃的样子。

14 驿驿：接连不断的样子。达：出土，这里指禾苗破土而出。
15 厌：美好，这里用以形容禾苗茁壮的样子。杰：特出，指壮苗。
16 厌厌：禾苗茂盛的样子。
17 绵绵：茂密的样子。麃（biāo）：谷穗。
18 获：收获。济济：谷物众多的样子。
19 实：满。积：堆积。
20 万亿：周代以十千为万，以十万为亿，以十亿为秭。秭（zǐ）：古代数目名，十亿。
21 醴：甜酒。
22 烝（zhēng）：进献。畀（bì）：给予。祖妣：男女祖先。
23 洽：配合。百礼：祭祀典礼上的各种仪式。
24 飶（bì）：食物的香气。
25 椒：用椒浸泡酒。或指酒香醇厚。
26 胡考：老年人。宁：安康。
27 匪：非。且：此。
28 振古：自古。

良耜

导读

这是周王秋收后祭祀社稷（土神、谷神）的诗，与前一篇《载芟》是姊妹篇，不过前篇侧重写春耕祭祀社稷神，而本篇则侧重写秋收报答社稷神。《毛诗序》云：“《载芟》，春藉田而祈社稷也。”“《良耜》，秋报社稷也。”诗的开头十二句写松土、耕地、播种、送饭、翻土、除草，应是回写春夏耕作的情景，以此引出下文对秋收的礼赞。第十三到十九这七句描写丰收的情景。挥镰收割，镰刀声此起彼伏，看着一筐又一筐运往谷场的粮食，农民们干劲十足，此处仿佛依稀能看到周民们挥汗如雨但笑容满面辛勤收割的场景。望着那堆如城墙的谷物粮食，妇女小孩都感到非常心安，这沉甸甸的粮食让他们放下了心中的秤砣，今年应是一个温饱之年。有什么比大获丰收更让农民们高兴的呢？于是大伙喜气洋洋，开始隆重布置报答祖宗神灵的祭典。献上一头大公牛，向神明们虔诚祷告，祈求来年又是风调雨顺喜获丰收的好年成！本诗以轻松明快的节奏开篇并以喜悦绵长的节奏收尾，读之心旷神怡，犹如走进一幅古风浓郁的农耕图。

畟畟良耜[1]，俶载南亩[2]。	犁头锋利闪锐光，开始耕田地向阳。
播厥百谷，实函斯活[3]。	百谷种子齐撒上，颗粒饱满有亮光。
或来瞻女[4]，载筐及筥[5]，	田头有人来探望，背负圆篓手提筐，

其馕伊黍[6]。**其笠伊纠**[7]，
其镈斯赵[8]，**以薅荼蓼**[9]。
荼蓼朽止[10]，**黍稷茂止。**
获之挃挃[11]，**积之栗栗**[12]。
其崇如墉[13]，**其比如栉**[14]，
以开百室[15]。**百室盈止，**
妇子宁止[16]。**杀时犉牡**[17]，
有捄其角[18]。**以似以续**[19]，
续古之人[20]。

热乎饭菜里头装。戴上草编圆斗笠，
手中锄头真锋利，除草来到低洼地。
杂草腐烂在地里，庄稼生长更有利。
锄头镰刀齐作响，庄稼堆积满谷场。
谷堆高高像城墙，鳞次栉比并排靠，
欢天喜地开百仓。家中仓库堆满粮，
妻儿子女把心放。宰杀那头大公牛，
一双牛角弯又长。不断祭祀福祉旺，
继承先祖好风尚。

注释

1 畟畟（cè）：形容犁头锋利快速入土的样子。耜：犁头。
2 俶（chù）：开始。载：翻草。南亩：向阳的田地。
3 实：种子。函：包含，此指被泥土覆盖。活：生气勃勃的样子。
4 或来瞻女：有人来看你。女，通“汝”。
5 载：背。筐：盛物的方形竹筐。筥（jǔ）：盛物的圆形竹筐。
6 馕：同“饷”，这里指送来的饭食。伊：是。
7 笠：用竹篾或棕皮编制的遮阳挡雨的帽子。纠：缠绕，这里是编织的意思。
8 镈（bó）：古代锄类农具。赵：锋利。
9 薅（hāo）：拔除。荼蓼（liǎo）：泛指田野沼泽间的杂草。
10 朽：腐烂。止：语气助词。
11 挃挃（zhì）：收割声。
12 栗栗：众多的样子。
13 崇：高。墉：城墙。
14 比：排列。栉：梳子和篦子的总称，比喻像梳齿那样密集排列着。
15 百室：众多粮仓。
16 妇子：妇女孩子。
17 时：此。犉（chún）牡：七尺大公牛。
18 捄（qiú）：长而曲貌。
19 似：通“嗣”，与“续”同义，继续。
20 古之人：指先祖。

鲁颂

閟宫

导读

这是歌颂鲁僖公文德功业的诗，作者是与鲁僖公同时的公子奚斯（亦名公子鱼）。閟宫，是僖公新修的供奉先祖的神庙，它成为了诗人赞美僖公的窗口，同时又是诗人寄寓希望的依托。诗人首先从庙中供奉的先祖说起，对周民族史上的几个重要人物进行逐一叙述。姜嫄德性纯正，承天之佑而生后稷；后稷培育谷物，授人农艺，以养万民，功德显著；后稷嫡孙古公亶父迁岐山之南而建周城，文王武王发扬其传统，克服殷商，一统天下。于是成王命叔父周公择立长子，封于鲁地，开阔疆土，辅佐周朝，这就是鲁国的由来。诗人追溯周业之所成、鲁国之所封意在表明，鲁侯与周王同祖同宗，乃周王室的正脉，而鲁国是诸侯中最尊荣的大国。层层铺垫与夸饰之后，诗人便着重从祭祀与武功这两个方面对鲁侯进行不遗余力的夸赞，歌颂其恢复旧业的成就。鲁国至僖公时代逐渐衰弱，失去了往日诸侯中第一大国的尊荣，但僖公恢复礼制，收复失地，鲁国威望有了一定的提升。鲁侯“春秋匪解，享祀不忒”，公牛小猪齐齐奉上，肉汤美酒诸神共享，场面壮阔万舞洋洋，神灵赐福繁荣兴旺。“俾尔炽而昌，俾尔寿而臧”，鲁侯备礼奉祭因而承天之福，无灾无害，永享吉祥。鲁公战车千乘，军队浩荡，攻无不克，战无不胜，“莫敢不诺，鲁侯是若”。戎狄臣服，荆舒是若，淮夷来同，海邦顺从。“俾尔昌而大，俾尔耆而艾”，鲁公文治武功，恢复疆域，宴饮群臣，承天福祉。僖公的功业深受鲁国人民的称颂，而他新修閟宫供奉先祖之举尤其触动了周公后裔们的感情，此诗也就成为他们表白内心的必然之作。本诗乃鸿篇巨制，是《诗经》中最长的一篇，但结构完整，脉络清晰，叙述有条不紊。全文声势浩大，滔滔不绝，不仅承载了诗人复杂充沛的感情，同时表达了一个衰落宗族对过往辉煌的追忆与迷恋，寄托了鲁国人民复兴旧业重塑辉煌的强烈愿望。

閟宫有侐[1]**，实实枚枚**[2]。
赫赫姜嫄[3]**，其德不回**[4]。
上帝是依[5]**，无灾无害，**
弥月不迟[6]。**是生后稷，**
降之百福。黍稷重穋[7]**，**
稙稚菽麦[8]。**奄有下国**[9]**，**
俾民稼穑[10]。**有稷有黍，**

女祖神庙肃穆清静，殿堂高大雕刻细密。
圣母姜嫄显赫无比，品性纯正德行专一。
上天庇佑下赐福祉，无痛无害灾祸未至，
怀胎十月不曾延迟。顺利产下先祖后稷，
上天赐予各种福气。早熟晚熟黍稷不一，
早种晚种豆麦有异。坐拥天下四海归一，
百姓耕种皆赋农艺。稷子黄黍满野遍地，

有稻有秬[11]**。奄有下土**[12]**，**	稻子黑黍种植有力。拥有天下各国土地，
缵禹之绪[13]**。**	继承大禹辉煌功绩。
后稷之孙，实维大王[14]**。**	后稷有位后代子孙，正是周朝先君太王。
居岐之阳[15]**，实始翦商**[16]**。**	迁居来到岐山山阳，就此筹划铲除殷商。
至于文武，缵大王之绪。	时间推至文王武王，继承太王未了理想。
致天之届[17]**，于牧之野**[18]**。**	秉承天命出兵讨伐，牧野远郊一战克商。
无贰无虞[19]**，上帝临女**[20]**。**	专志一心没有过错，上天自会赐予吉祥。
敦商之旅[21]**，克咸厥功**[22]**。**	大军出征治服殷商，完成大业功呈上苍。
王曰："叔父[23]**，建尔元子**[24]**，**	成王说道："尊敬叔父，请立长子伯禽为王，
俾侯于鲁。大启尔宇[25]**，**	封于鲁国贵为君长。大力发展开土扩疆，
为周室辅。"	镇守东方辅佐周王。"

注释

1 閟（bì）宫：这里指供奉周朝始祖后稷生母姜嫄的神庙。閟，闭。侐（xù）：清静的样子。

2 实实：广大的样子。枚枚：细密的样子。

3 赫赫：光明显耀。姜嫄：周人始祖后稷的生母，帝喾的妻子。传说她在郊野履大人迹怀孕而生后稷。

4 回：邪，不正。不回，指姜嫄德性端正。

5 依：助。

6 弥月：满月，指怀胎十月而生子。

7 重（tóng）：通"穜"，早种晚熟的谷物。稑（lù）：通"稑"，后种先熟的谷物。

8 稙（zhí）：庄稼种得早或成熟得早。稚：庄稼种得晚或成熟得晚。菽：豆类作物。

9 奄：包括。下国：天下。

10 俾：使。稼穑：农事的总称。春耕为稼，秋收为穑，即播种与收获，泛指农业劳动。

11 秬（jù）：黑黍。

12 下土：天下。

13 缵（zuǎn）：继承。绪：功业。

14 大王：太王，指周文王的祖父古公亶父，武王克商后追尊为太王。

15 居岐之阳：古公迁居岐山之下，在岐山南面建立周城。岐，山名，在今陕西省。

16 翦：同"剪"，除掉。

17 致：奉行。届：征伐。

18 牧之野：即牧野，在今河南淇县西南。

19 贰：二心。虞：过失。
20 临：临视，保佑。
21 敦：治服。
22 咸：完成。
23 王：指周成王。叔父：指周公旦。
24 建：立。元子：长子，指周公长子伯禽。
25 启：开辟。宇：疆土。

乃命鲁公，俾侯于东。	伯禽承命封为鲁公，建立侯国周朝之东。
锡之山川[1]**，土田附庸**[2]**。**	赐他广阔山川土地，更有小国作为附庸。
周公之孙[3]**，庄公之子**[4]**。**	周公后代而今鲁侯，庄公之子而今僖公。
龙旂承祀[5]**，六辔耳耳**[6]**。**	龙旂之下主持祭祀，六缕缰绳手中挥动。
春秋匪解[7]**，享祀不忒**[8]**。**	春秋四季不敢懈怠，未有差池祭祀慎重。
皇皇后帝[9]**，皇祖后稷。**	上帝在天光明辉煌，始祖后稷英明神通。
享以骍牺[10]**，是飨是宜**[11]**，**	赤色公牛虔诚进贡，开怀畅饮尽情享用，
降福既多。周公皇祖，	幸福吉祥蒙天盛宠。伟大光明先祖周公，
亦其福女[12]**。**	也将佑你福运昌隆。
秋而载尝[13]**，夏而楅衡**[14]**。**	秋天行祭是名为尝，夏天设栏把牛饲养。
白牡骍刚[15]**，牺尊将将**[16]**。**	白猪赤牛虔诚献上，牺牛酒杯撞声锵锵。
毛炰胾羹[17]**，笾豆大房**[18]**。**	生烤小猪熬制肉汤，盛满笾豆装入大房。
万舞洋洋[19]**，孝孙有庆**[20]**。**	场面盛大万舞洋洋，贤孝子孙承天福疆，
俾尔炽而昌[21]**，俾尔寿而臧**[22]**。**	让你永享兴旺富强，让你永保长寿安康。
保彼东方，鲁邦是常[23]**。**	神灵保佑东方国邦，鲁国江山地久天长。
不亏不崩，不震不腾[24]**。**	既不亏损也不崩塌，既不翻腾也不动荡。
三寿作朋[25]**，如冈如陵。**	三寿比并齐作友朋，巍峨绵延犹如山冈。

注释

1 锡：赐。
2 附庸：附属小国。
3 周公之孙：指鲁僖公。
4 庄公：指鲁庄公，鲁僖公的父亲。
5 龙旂：画有蛟龙的旗子。在古代，此乃诸侯之旗，举行祭祀活动的时候用这种旗。

6 辔：马缰绳。六辔，古代一车四马，当中夹辕的两匹服马共两条马缰绳，车前两侧的骖马各两条马缰绳，所以叫六辔。耳耳：众盛的样子。

7 解：通“懈”，懈怠。

8 忒（tè）：差错。

9 皇皇：即“煌煌”，光明的样子。后帝：上帝。

10 骍（xīng）牺：赤色牲口。

11 飨：用酒食祭神。宜：用肉祭神。

12 女：汝。

13 尝：秋祭名。

14 楅（bī）衡：加在牛角上的横木，用以防止损伤牛角。

15 白牡：白色公猪。骍刚：赤色公牛。

16 牺尊：古代酒器。作牺牛形，背上开孔以盛酒。将将：同“锵锵”，形容金属碰撞发出的声音。

17 毛炰（páo）：将牲畜连毛投置火中去毛烤炙致熟，这里指烤熟的小猪。胾（zì）羹：肉汤。

18 笾（biān）豆：古代祭祀及宴会时常用的两种礼器。竹制为笾，木制为豆。大房：古代祭祀时盛牲畜的用具。

19 万舞：古代的舞名。先是武舞，舞者手拿兵器；后是文舞，舞者手拿鸟羽和乐器。

20 孝孙：指僖公。

21 炽：盛。

22 臧：善，好。

23 常：长，有永守的意思。

24 震：震动。腾：动荡。

25 三寿：指上寿、中寿、下寿。古时候称上寿百二十岁，中寿百岁，下寿八十。

公车千乘，朱英绿縢[1]，
二矛重弓[2]。公徒三万[3]，
贝胄朱綅[4]，烝徒增增[5]。
戎狄是膺[6]，荆舒是惩[7]，
则莫我敢承[8]。俾尔昌而炽，
俾尔寿而富。黄发台背[9]，
寿胥与试[10]。俾尔昌而大，
俾尔耆而艾[11]。万有千岁[12]，
眉寿无有害。

鲁公拥有兵车千乘，矛有红缨弓有绿绳，
士兵齐配二矛二弓。鲁公拥有步卒三万，
头盔饰贝红线相缝，大军密密奋勇前冲。
狄戎受击损失惨重，楚舒小国也将严惩，
有谁胆敢上前交锋。使你兴旺而又昌盛，
使你长寿而又富贵。白发变黄背上生纹，
长寿无比人中龙凤。让你强大而又昌盛，
让你长寿有如青松。千岁万岁仙寿永恒，
长寿无害永享天恩。

泰山岩岩[13]，鲁邦所詹[14]。	泰山巍峨雄伟高耸，鲁国百姓瞻仰尊崇。
奄有龟蒙[15]，遂荒大东[16]。	我们拥有龟山蒙山，疆土到达周朝极东。
至于海邦[17]，淮夷来同[18]。	沿海诸邦皆为附庸，淮夷纷纷前来会同。
莫不率从，鲁侯之功。	无人胆敢不相顺从，都是鲁侯治理有功。
保有凫绎[19]，遂荒徐宅[20]。	鲁国拥有凫山绎山，徐戎居地为我所有。
至于海邦，淮夷蛮貊[21]。	沿海小邦对鲁俯首，东南淮夷治理不愁。
及彼南夷[22]，莫不率从。	南方蛮夷臣服我国，竞相顺从前来相投。
莫敢不诺[23]，鲁侯是若[24]。	来人无不噤声称诺，有谁胆敢叛逆鲁侯。

注释

1 朱英：装饰在矛上的红缨。绿縢：束弓套用的绿绳。

2 二矛：古代战车上一长一短的两支矛，用于不同距离的交锋。重弓：士兵携带的两张弓，一张为常用，一张为备用。

3 徒：步卒。

4 贝胄：镶有贝壳的头盔。朱綅（qīn）：红线。

5 烝：众。增增：众多的样子。

6 膺：讨伐，打击。

7 荆：楚的别称。舒：楚的属国。

8 承：抵挡。

9 黄发台背：指长寿的老人。黄发，指老年人头发由白转黄。台背，指老年人背上生斑如鲐鱼背。台，通“鲐”。

10 胥：相。试：比。

11 耆、艾：指老年人。

12 有：又。

13 岩岩：高大，高耸。

14 詹：通“瞻”，瞻仰。

15 龟蒙：二山名。龟山在今山东泗水，蒙山在今山东蒙阴。

16 荒：有。

17 海邦：指鲁国东边的近海小国。

18 同：会同。

19 凫绎：二山名。凫山在今山东邹城西南，绎山在今山东邹城东南。

20 徐宅：古代徐戎所居之地，指徐国。

21 蛮貊（mò）：指东南方的少数民族。

22 南夷：南方少数民族或者南方边远地区。

23 诺：应诺。

24 若：顺从。

天锡公纯嘏[1]，眉寿保鲁。	天赐鲁公大吉大祥，健康长寿保有鲁邦。
居常与许[2]，复周公之宇[3]。	居住本国常地许地，恢复周公原有封疆。
鲁侯燕喜[4]，令妻寿母[5]。	鲁侯设宴欢庆吉祥，贤妻寿母也将到场。
宜大夫庶士[6]，邦国是有[7]。	君主群臣喜气洋洋，鲁国保有兴旺安康。
既多受祉，黄发儿齿[8]。	承蒙上天无限福祥，白发转黄牙齿新长。
徂来之松[9]，新甫之柏[10]。	徂徕山上青松蓊蓊，新甫山头翠柏苍苍。
是断是度[11]，是寻是尺[12]。	砍下大木将其劈开，几寻几尺细心丈量。
松桷有舄[13]，路寝孔硕[14]。	松树作椽又粗又壮，殿堂宽敞气势辉煌。
新庙奕奕[15]，奚斯所作[16]。	新庙雄伟大放光芒，奚斯作诗为其颂扬。
孔曼且硕[17]，万民是若[18]。	内容丰富篇幅漫长，顺应民意万人景仰。

注释

1 嘏（gǔ）：福。

2 常、许：鲁国两地名。

3 宇：疆域。

4 燕喜：宴饮喜乐。燕，通“宴”。

5 令：美好，善。

6 宜：善。

7 有：保有。

8 儿齿：老人牙齿掉落后又生新牙，象征年老长寿。

9 徂来：亦作“徂徕”，山名，在今山东泰安东南。

10 新甫：山名，坐落泰山旁。

11 度：通“剫（duó）”，砍伐。

12 寻：古代的长度单位，一寻等于八尺。“寻”“尺”在这里皆用作动词。

13 桷（jué）：方形的椽子。舄（xì）：大。

14 路寝：古代天子、诸侯的正厅。

15 奕奕：高大的样子。

16 奚斯：鲁国大夫。

17 曼：长。

18 若：顺。

商颂

玄 鸟

导读

这是祭祀殷高宗武丁的乐歌。武丁是盘庚之弟小乙之子，成汤的第九代孙，后世称为高宗。相传武丁少时生活在民间，能体味民生疾苦，即位后，重用傅说、甘盘为大臣，发展经济，南征北战，力求巩固统治，复兴旧业，是殷商后期颇有作为的一位君王。本诗就是歌颂他的辉煌功业。诗先从商朝始祖说起，以简狄吞燕卵怀孕而生商代祖先契的神话表明商朝乃受天之命，然后追叙成汤秉承天命，征伐天下，占拥九州的辉煌功业。如此层层铺垫引出后代武丁也是天命所归，他继承遗业，复兴殷商，是光明显耀的贤君。诗接下来写，在武丁的治理下，国力强盛，粮食富足，疆域辽阔，百姓安康，商朝重现车水马龙、四方朝拜的昌盛之势。结尾再次强调殷王乃受命为王，自当福禄绵长。本诗前后呼应，结构严谨，诗中字字流露出诗人勃发的感情与激扬的豪情。虽然诗中所写并非全为真实历史，但却深刻地反映了殷民们对复兴殷商的强烈愿望，以及对武丁在位期间的中兴事业的无比自豪。

天命玄鸟[1]**，降而生商**[2]**，**
宅殷土芒芒[3]**。古帝命武汤**[4]**，**
正域彼四方[5]**。方命厥后**[6]**，**
奄有九有[7]**。商之先后**[8]**，**
受命不殆[9]**，在武丁孙子**[10]**。**
武丁孙子，武王靡不胜[11]**。**
龙旂十乘[12]**，大糦是承**[13]**。**
邦畿千里[14]**，维民所止**[15]**，**
肇域彼四海[16]**。四海来假**[17]**，**
来假祁祁[18]**。景员维河**[19]**，**
殷受命咸宜[20]**，百禄是何**[21]**。**

神燕受命于上苍，简狄生契建立商，
住在殷土地宽广。上帝授命于成汤，
征伐天下守四方。昭命下达各侯王，
殷商占拥九州邦。商朝各位先君王，
不怠天命治国忙，裔孙武丁贤无双。
后代武丁是贤王，战无不胜业辉煌。
大车十乘龙旂扬，酒食常奉呈上苍。
疆界千里地宽广，百姓居住好地方，
拥有四海疆域广。诸侯来朝拜商王，
车水马龙人熙攘。景山周围黄河绕，
殷商受命人称道，上天赐福呈吉祥。

注释

1 玄鸟：燕子。玄，黑色。相传有娀氏之女帝喾之妻简狄，吞燕卵怀孕而生商代祖先契。

2 商：指商的祖先契。

3 宅：居住。芒芒：即茫茫，宽广的样子。

4 古帝：上帝。武汤：即成汤，汤号为武也。

5 正：通“征”。域：有。

6 方：遍。后：君主，指各诸侯王。

7 奄：包括。九有：九州。

8 先后：先王。

9 殆：通“怠”，懈怠。

10 武丁：殷高宗，汤的第九代孙。武丁孙子，即孙子武丁。

11 武王：即成汤。

12 龙旂：画有蛟龙的旗子。在古代，此乃诸侯之旗，举行祭祀活动的时候用这种旗。

13 饎（chì）：酒食。承：供奉。

14 邦畿（jī）：疆域，疆界。

15 止：居住。

16 肇域：开始拥有。

17 来假：来到。

18 祁祁：众多的样子。

19 景：景山，在今河南商丘，商都城所在。员：周围。

20 咸宜：意思是说人们都认为很合适。

21 何：通“荷”。

殷 武

导读

这是歌颂殷高宗武丁中兴业绩的乐歌。关于殷高宗武丁，《史记·殷本纪》记载曰，“帝武丁即位，思复兴殷”。本诗《殷武》，就是写武丁为了恢复成汤时代，实现统一大业，英勇伐楚，臣服四方，发展农业，励精图治的一系列事迹。从最后一章来看，本诗是通过高宗武丁的寝庙落成仪式来歌颂其赫赫战功的。纵观全文，可以说本诗再现了一幅武丁兴兵伐楚的历史画面。首章写武丁英武神勇，兴师讨伐，深入敌方，横扫荆楚，最后王师大捷，楚兵被俘，楚国也因此得到整治。此章重在宣扬武丁伐楚的武功。第二章写在武丁的统治之下，商朝恢复了“莫敢不来享，莫敢不来王”的辉煌局面，商朝国力渐盛，版图也逐步扩大，中兴之势令人大涨志气。此章重在告诫楚人“曰商是常”。第三章先追叙分封诸侯的历史传统，然后引出武丁命令所属诸侯国发展农业以解决百姓衣食之忧的英明决策。相传武丁少时生活在民间，能体味民生疾苦，即位后非常注重发展生产。此章重在反映武丁勤治农事。第四章写武丁受上天之命监视天下，万民之行尽在殷王眼中，故而天下百姓应当恭敬端庄，处事谨慎，恪守礼法，勤奋努力。此章重在强调在武丁的治理下天下有序，四方信服。第五章夸饰商朝国都繁荣昌盛，乃天下榜样，言语间洋溢着浓浓的自豪感。此章重在从侧面反映武丁治理有方，商朝重铸辉煌。第六章写精选木料，雕琢加工，修建高宗寝庙的情景。此章重在突出高宗威仪，万民敬仰，辉煌业绩，永世不忘！武丁紧随成汤步伐，励精图治，开疆拓土，遂“天下咸欢，殷道复兴”(《史记·殷本纪》)。其辉煌功绩载入史册，乃成汤之后的一代中兴之主。作为《商颂》以及《诗经》的最后一篇，本诗具有高超的艺术技巧。全诗六章，紧密相连，环环相扣，而每章又各有侧重，叙述生动，节奏感强，颇具情感张力。

挞彼殷武[1]，奋伐荆楚[2]。
罙入其阻[3]，裒荆之旅[4]。
有截其所[5]，汤孙之绪[6]。
维女荆楚[7]，居国南乡[8]。
昔有成汤，自彼氐羌[9]，
莫敢不来享[10]，莫敢不来王[11]，
曰商是常[12]。
天命多辟[13]，设都于禹之绩[14]。
岁事来辟[15]，勿予祸适[16]。
稼穑匪解[17]。
天命降监[18]，下民有严[19]。
不僭不滥[20]，不敢怠遑[21]。
命于下国[22]，封建厥福[23]。
商邑翼翼[24]，四方之极[25]。
赫赫厥声[26]，濯濯厥灵[27]。
寿考且宁，以保我后生[28]。
陟彼景山[29]，松柏丸丸[30]。
是断是迁[31]，方斫是虔[32]。
松桷有梴[33]，旅楹有闲[34]，
寝成孔安[35]！

殷王武丁英明神武，兴师讨伐南国荆楚。
深入楚国险要之处，众多士兵皆为俘虏。
整治楚国全部疆土，成汤子孙功劳显著。
荆楚实乃偏僻之邦，长期居住我国南方。
遥想昔日商王成汤，强悍有如西北氐羌，
谁敢不来上前进享，谁敢不来朝见我王，
九州天下殷商执掌。
上天命令各路侯王，建都大禹治水之方。
诸侯应当按时来朝，如此就能免受责罚。
农业事务不可轻忘。
上天指令殷王视察，天下百姓恭敬端庄。
既不越礼也不放荡，既不懈怠也不闲晃。
上天降旨下方殷商，努力建设大吉大祥。
商朝都邑繁荣整饬，天下四方美好榜样。
武丁有着赫赫声望，他的神灵光明辉煌。
愿神赐福长寿安康，保佑后代繁荣兴旺。
登上景山放目远望，松树柏树高大粗壮。
将其砍断搬回城中，又砍又削雕琢得当。
松树椽子高大修长，楹柱成排圆溜粗壮，
寝庙建成神灵安享。

注释

1 挞（tà）：英武的样子。殷武：殷高宗武丁。

2 荆楚：即楚国。荆为楚之旧称。

3 罙：同“深”。阻：险要的地方。

4 裒（póu）：俘虏。旅：士兵。

5 截：治理。其所：指荆楚。

6 汤孙：指成汤后代子孙武丁。绪：功业。

7 女：通“汝”。

8 国：指商国。南乡：南方。

9 氐（dī）羌：我国古代少数民族氐族与羌族的并称，居住在今西北一带。

10 享：进贡。

11 王：朝拜。

12 常：长。

13 多辟：众诸侯。

14 绩：通“迹”。禹之绩，大禹治水之地。

15 岁事：指诸侯每年朝见天子之事。来辟：来朝。

16 祸：通“过”，过错。適：通“谪”，谴责。

17 稼穑：农事的总称。春耕为稼，秋收为穑，即播种与收获，泛指农业劳动。解：通“懈”，懈怠。

18 监：监察。

19 有严：即严严，庄严的样子。

20 僭：越礼。

21 怠：懈怠。遑：闲暇。

22 下国：指商国。

23 封：大。建：立。

24 翼翼：整齐繁荣的样子。

25 极：表率。

26 声：名声。

27 濯濯：光明的样子。灵：神灵。

28 后生：后代子孙。

29 陟：登。景山：山名，在今河南商丘。

30 丸丸：高大挺直的样子。

31 断：砍断。迁：搬迁。

32 方：是。斫（zhuó）：用刀、斧等砍。虔：削。

33 桷：方形的椽子。有梴（chān）：即梴梴，树木修长的样子。

34 旅楹：众多的楹柱。有闲：即闲闲，粗大的样子。

35 寝：寝庙。